「……ん、遠くまで来たね」
三角の距離は限りないゼロ 9
岬鷺宮
Misaki Saginomiya
illustration◊Hiten
design◊Toru Suzuki
Bizarre Love Triangle
After Story

「五万二千回も見られたの!?」

「──暦美!」

「受験……本腰入れるか!」

「いつかあなたに会えるのを、楽しみにしてる──」

「わたし、矢野先輩のこと好きだったんですよね」

「へえ、女子と二人で……」

「──矢野四季!」

「ただいま。やっと帰って来れたよ……」

「原稿のお話かな。しもしもー?」

「うあぁぁあああ……」

「そういう時期も、必要なんだと思う」

「minaseですッ!!」

「東京に繫がってるんだな、って思って」

「一生の友達って、高校で出来たりするんだよって」

「わたし自身の……才能をね」

「ふふふ……かわいい……」

「もー、細野くんお腹ー……」

「誇ってくださいよ」

「……行こう」

「夏前に、出産予定なんです」

三角の距離は限りないゼロ 9

Bizarre Love Triangle

岬 鷺宮

Misaki Saginomiya

illustration◇Hiten

design◇Toru Suzuki

[After Story]

プロローグ
Prologue

【暦美、西荻へ帰る】

Bizarre Love Triangle

三角の距離は限りないゼロ

宇田路《うたろ》駅から、快速エアポートで新千歳空港《しんちとせくうこう》へ。

北海道を発《た》ち一時間半で羽田《はねだ》に到着。品川《しながわ》、新宿《しんじゅく》を経て総武《そうぶ》線に。

中野《なかの》、阿佐ヶ谷《あさがや》、荻窪《おぎくぼ》を越えたら……ようやく、四時間半の旅はおしまい。

わたしはこの街に――西荻窪《にしおぎくぼ》へ戻ってきた。

「んん……」

ホームで伸びをして、大きく深呼吸する。

座り続けて凝り固まった全身が、心地好《ここちよ》いしなりとともにほぐれる。

四月上旬、お昼過ぎ。まだ雪の残る地元とは違って、東京は春の暖かさだ。

目に入るのは、年季の入った駅舎と雑多な駅前のビル。

辺りを行き交う人々も、どこか浮かれた表情に見える。

吸い込んだ空気は、埃《ほこり》っぽくて無骨な都会の匂いがした。

「ふふ……」

その懐《なつ》かしさに、小さく一人で笑ってしまった。

秋玻《あきは》と春珂《はるか》という二人のわたしから、暦美《こよみ》という一人のわたしに戻った今も。わたしがわたしを受け入れられた今も、この街は『ホームタウン』のままなんだ……。

「……よし」

リュックを背負い直して、改札へ向かって歩き出す。

テンポよく階段を降り、足早に自動改札を抜ける。
そして――人混みの中。北口に出ようとしたところで、
「――暦美《こよみ》！」
彼の声がした。
ずっと求めていた。そばで聞きたいと思っていたその声。
見れば、雑踏の向こうに彼の姿があって、
「矢野《やの》くん！」
反射的に、大きな声が出た。
――優しい目と繊細に整った顔立ち。
――女の子みたいにきれいな肌と髪。
けれど、その表情や身のこなしに、確かな落ち着きを宿した男の子――。
わたしの恋人――矢野四季《やのしき》くん。
思わず、その場から走り出した。
胸がギュッと苦しくなる。鮮やかな喜びに、口元がほころんでしまう。
今だけは、旅の疲れも関係ない。一秒でも早く彼のそばに行きたい。
……抱きついちゃおうか。
駆け寄りながら、そんなことを思う。

この勢いのまま、彼をギュッと抱きしめてしまおうか……。

久しぶりの再会なんだ。そんな大胆なことをするのもありかもしれない。

周りは人がたくさんいるけれど、今日くらいはいいんじゃない……？

けれど――、

「おかえり、待ってたよ！」

駆け寄った彼は、抱きつく前にわたしの手を力強く握る。

「本当に、今日が待ち遠しかった！」

満面の笑みと、弾むような声。

かすかな残念さを覚えつつ、わたしは彼に微笑《ほほえ》み返した。

「ただいま。やっと帰って来れたよ……」

ハグはお預けだけれど、こうして会えたのはやっぱりうれしい。

目の前に彼がいることにも、すべすべの手が触れていることにも、どこか夢を見ているような気分になってしまう。

――二重人格が終わってから、地元の病院で検査を続ける間。

一体どれだけ、矢野《やの》くんに会いたいと願ってきただろう。

毎日のようにラインで通話していたし、お互い写真を送りあったりもしたけれど、全然足りなかった。直接声が聞きたかったし、肌に触れたかった。

秋玻《あきは》、春珂《はるか》の二人に別れていたときと変わらず。

ううん、あのとき以上に、わたしは彼に恋をしている——。

「寂しかったよ、ずっと……」

「うん、僕もだよ」

「あー、もう離れたくないなあ……」

「あはは、泣きそうな顔するなよ。少なくとも高三の一年間は、一緒にいられるんだからさ」

そう言って笑う彼。矢野《やの》くんは優しい。

以前から優しかったけれど、最近彼の優しさには芯の強さのようなものが覗《のぞ》くようになった気がする。それが、今のわたしにはとても頼もしい。

「じゃあ、その……行くか」

言って、彼はわたしの前を歩き出す。

「ラインで話した通り、暦美《こよみ》の家でおかえりパーティの準備してあるから。とりあえず、家向かうか……」

「うん」

うなずいて彼に続きながら、その態度に少しだけ違和感を覚えた。

どうしたんだろう。急に口調がぎこちなくなった気がする……。

声色だけじゃない。表情がちょっと硬くなって、不自然に辺りを見回して……。

……もしかして。と、わたしは小さく予感する。
これ。矢野《やの》くん、このあとわたしに……。
考えながら、駅舎を抜け駅前のロータリーに出る。
そして、いつもの駅前広場を歩き、横断歩道に向かおうとしたところで――、

「「――暦美《こよみ》、おかえり！」」

――明るい声が、辺りに響いた。
弾《はじ》かれたように振り返ると――。
「うわあ……！」
横断幕が――掲げられていた。
縦一メートル。横三メートルくらいの大きな横断幕。
色鮮やかなそれには、明らかに手書きとわかる文字で、
『おかえりなさい☆暦美《こよみ》』
と記されている。

──サプライズだ。

わたしを驚かせるために、こんなものを用意してくれていたんだ。

そして──それを掲げているわたしの友人たち。

伊津佳《いつか》ちゃん、修司《しゅうじ》くん、時子《ときこ》ちゃんに細野《ほその》くん。霧香《きりか》ちゃんの姿も見えるし、Ｏｍｏｃｈｉさんや古暮《こぐれ》さんや、手芸部の沙也《さや》ちゃん、加奈《かな》ちゃん。そのうえ──千代田《ちよだ》先生まで。

彼らは口々に、「待ってたよー暦美《こよみ》！」「長旅お疲れ！」なんて言ってくれて。その顔には、優しい笑みが浮かんでいて──、

「……ありがとう」

改めて、うれしさが胸に花開いた。

「こんな盛大に、ありがとう……」

……本当は、ちょっと予想はしていたんだ。

矢野《やの》くんとのラインのやりとりで、彼のメッセージからそういう気配は感じ取っていた。

『何時何分の電車で、西荻《にしおぎ》に着く？』

『いや、迎えに行こうと思って』

『ちなみに、どのルートで帰る？　いつも通り？』

『特に寄り道とかはしない予定？』

それでも、実際にその景色を目の前にすると、さすがに涙がこぼれかける。

「うれしい。うう……」

……というかまずい。声出そうかも。

ここ駅前なのに。皆がいるのに、本気で泣きそうかも……。

「……あ！　ヤバい暦美《こよみ》マジ泣きする！」

表情に気付いたらしい、慌てて伊津佳《いつか》ちゃんが駆け寄ってきた。

「ほらほらー大丈夫だよ！　駅前で泣くのは一旦ストップ！」

「い、家行こう！　パーティの準備は万端だから！」

「お父さんも待ってますよー！」

伊津佳《いつか》ちゃんに続きながら、口々にそう言ってくれる面々。

それにもう一度声を上げそうになりながら、わたしたちは自宅に向けて賑《にぎ》やかに歩き出したのでした——。

＊

「——うぉおおおおん!!」

——号泣だった。

始まったパーティ。その歓談タイム。

せっかくわたしは泣かずに済んだのに——お父さんが皆の前で号泣していた。

「こんなたくさんの友達に囲まれて、暦美《こよみ》はなんて幸せなんだ！　しかも、こんな素敵な子ばかり……！」

熊みたいな大きな身体《からだ》に、砲撃音みたいな野太い声。

お父さんが男泣きしていると、さすがに参加者全員の注目を集めてしまう。

驚いている人、楽しげに笑っている人、微笑《ほほえ》ましげに見守っている人。

皆の反応はそれぞれだけど、恥ずかしさに体温が一気に上がって、

「ちょ、ちょっとお父さん！」

慌てて止めに入った。

「やめてよ！　せっかくのパーティなんだから！」

「何を言ってるんだ！　これが泣かずにいられるか！」

けれど、お父さんはすごい勢いで言い返す。

「暦美《こよみ》がこんなに元気になって、友達に囲まれて……喜ばずにいられるか！」

——パーティは、開始直後から大盛り上がりだった。

地元で買ってきたフロマージュやバターサンドをつつきながら、おしゃべりする時間。

考えてみれば、ちょっと前にクラスの解散会をやったわけで。なんだか遊んでばかりの気もするけれど、裏では大変な思いもしたんだ。これくらいは自分に許そうと思う。

勝手知ったる仲の人ばかりだから、話は最初から弾んでいた。

人格の統合された感想、今後のことや、それぞれの進路の話。

卒業後にはどうしたいか、なんて話題も盛り上がった。

けれど——そこにきて、お父さんの号泣である。

恥ずかしいやら申し訳ないやらで、これ、どうしたらいいのわたし……。

さらに、お父さんは完全に感極まったのか、

「これからも、よろしくお願いします……！」

そんなことを言いながら、周囲の皆に勢いよく頭を下げ始める。

「これからも、暦美《こよみ》のことをよろしくお願いします！」

「ちょ、ちょっとやめてよ！」

「仲良くしてやってくださいね！　至らないところもあると思いますが！」

「だから、やめてって！」

慌てて止めに入りながら、冷や汗をかいた。

こんなの皆引いちゃうよ！　友達の親にこんなこと言われても、困るだけだって！

絶望的な気分になりつつ、皆の様子をちらりと窺うと——、

「……えっ？」

——こっちも感極まっていた。

いつの間にかわたしの友人たちも、感無量という顔でこちらを見ていた。

むしろ、

「うう……」

「ぐすっ……」

泣いていた。

友達の一部。具体的に言うと細野《ほその》くんや古暮《こぐれ》さんは、涙を拭い始めていた。

……ウソでしょ。

皆もそんな感じなの？　お父さんのこの感じ、受け入れられてるの……？

おかしいのは、わたしの感覚……？

「……まあ、みんなこういう気持ちだから」

矢野《やの》くんが、皆を代表するように。困ったような顔で笑って、わたしにそう言った。

「同じこと、思ってるからさ」

「……そう、なんだ」

「だから、よろしくな」

はっきりと、宣言するように彼は続ける。

「これからも、僕たちをよろしく」

――これから。

なぜだろう。その言葉が、困惑するわたしの胸に妙に響いた。

わたしたちを待っている、この先の未来。

十代のわたしたちの前にある、長い長い人生。

そう、わたしたちには『これから』がある。

秋玻《あきは》も春珂《はるか》もわたしの中にいて、物語は続いていく。

楽しいことも苦しいことも、うれしいことも嫌なことも、びっくりする程あるんだろう。

矢野《やの》くんとの恋だって、始まったばかりだ。

不思議な三角形。

その距離がゼロになった今も、その気持ちは間違いなくわたしの中にある。

だから——わたしはみんなに笑い返し。


「……うん、よろしくね」

一つうなずいて、新しい毎日のスタートを切った。

第一話
Chapter1

「絶対いちゃいちゃしたい女VS絶対硬派を貫きたい男」

Bizarre Love Triangle

三角の距離は限りないゼロ

――このデート。硬派を貫かねばならない。


「おはよう、矢野《やの》くん！」

「うん、おはよう」

午前九時。西荻窪駅《にしおぎくぼえき》前。

時間通りにやってきた暦美《こよみ》に、僕はうなずいて笑い返した。

「上野《うえの》は初めてだよ、楽しみ」

「僕も科博は初めてだ。細野《ほその》も修司《しゅうじ》もお薦めらしいよ」

「わー、わくわくしちゃうね！」

改札に向けて歩き出しつつ、僕は決意を新たにする。

このデートでは――絶対に誠実なところを見せなくちゃいけない！

――暦美《こよみ》の二重人格が統合されて。

『秋玻《あきは》』『春珂《はるか》』から『暦美《こよみ》』になって、初めてのデートだった。

行き先は、周囲の友人たちに聞いて厳選したスポット、国立科学博物館。

館内をどんな風に回るか、その後はどうするかも十分にシミュレーションしてある。

正直、うきうきしている。楽しい一日になればいいなと思っている。
久しぶりのデートなんだ、浮かれるなという方が無理があるだろう。
けれど――それ以上に僕は気負っていた。気負いまくっていた。
というのも――、

――今の暦美《こよみ》は、僕の彼女ではない。


確かに、秋玻《あきは》や春珂《はるか》とは色々あった。

はっきり恋人同士になったこともあれば、そうでもないのにあれこれしてしまったこともあった。真剣に好きだったのは確かだけど、正直ちょっとややこしい関係だったのは否《いな》めない。

宇田路《うたろ》でも、お互い「好きだ」と言い合ったけれど、「付き合おう」なんて話をする余裕はなし。関係は宙ぶらりんなままだ。

けれど――あれから状況が落ち着いて。

暦美《こよみ》という人格がはっきりして、僕も自分自身を受け入れることができた。

ようやく、僕らもスタートラインに戻ってこられた、というわけだ。

であれば――しっかりとデートの上、改めて告白して付き合いたい。

正当な手順を踏んで、彼氏彼女の関係になりたいんだ。

暦美《こよみ》のことが何より大切だから。
というわけで……今日は彼女に、誠実な姿を見せようと思う。
いちゃいちゃ禁止！
ボディタッチは控えめに！
それ以上のことなんて、もちろん厳禁！
そういうのは、全部きちんと付き合ってから！
その姿勢を徹底的に貫いた上で——不忍池《しのばずのいけ》辺りで、改めて気持ちを伝える。
今日はそんな、特別な日にする予定だ。

つまりそう、勝負の時——。

＊＊＊

——このデート。いちゃいちゃせねばならない。

「あ、神田《かんだ》だ！　ここで乗り換えだよね？」
「だね、次は四番線の京浜東北だ」

矢野《やの》くんとホームへ降りながら、わたしは決意を新たにする。

今日こそ——矢野《やの》くんと、思いっきりいちゃつかねばならない！

秋玻《あきは》と春珂《はるか》からわたしになって、数週間。東京に戻ってきてからしばらく。

なのに……何もないのだ。わたしと矢野《やの》くんの間に、何も起きない。

ハグやちゅーはもちろん、手を繋《つな》ぐ機会さえなし。

まるで普通の友達みたいに、淡泊に毎日が過ぎていく。

最初は、矢野《やの》くんもちょっと緊張してるのかなと思った。言ってみれば、わたしはそれまでのわたしと別人なわけだし。単純に前と同じように、ってわけにはいかないだろう。

けれど——あんまりにも無。なんっっっにも起きないのだ。

——わたしたち、付き合ってるのに！

人格が統合されたあのとき、矢野《やの》くんはわたしを好きだと言ってくれた。

秋玻《あきは》でも春珂《はるか》でもない。その二人をうちに秘めたわたし、暦美《こよみ》を好きなんだと。

そしてわたしも、彼に改めて好きだと伝えた。

矢野《やの》くんのことが大好きだって。正面から、真《ま》っ直《す》ぐにそう言った。
だから、晴れてわたしたちは彼氏彼女になったわけだ。
二重人格との三角関係、なんてややこしい状況を終えて両思いになれた。
だったら……そりゃもう、いちゃいちゃしますよね？
今までできなかったあれこれを、しちゃいますよね？
なのに……最近の矢野《やの》くんの塩対応である。
……もしかして、倦怠期《けんたいき》？
このまま冷めきった関係になっちゃうんじゃないの……⁉
だから——ホームに来た京浜東北線。
大宮《おおみや》行きに乗り込みながら、わたしは自分に言い聞かせる。
いちゃいちゃ奨励！
ボディタッチは頻繁に！
それ以上のことも、できれば果敢にチャレンジ！
そういうのを徹底的に貫いた上で、仲良しカップルになってこの西荻窪《にしおぎくぼ》に戻ってくる。
今日はそんな、特別な日にする予定なのです。
だからそう、勝負の時——。

＊＊＊

「――へえ、ここが上野《うえの》……」

上野《うえの》駅、公園口を出てすぐ。

上野恩賜《うえのおんし》公園の入り口を前にして――暦美《こよみ》はほうと息をついた。

「やっぱりこう、格式みたいなものを感じるね」

「だな」

ついさっきまでの浮かれて春珂《はるか》っぽい彼女から打って変わり。今の彼女は、どこか落ち着いた秋玻《あきは》的《てき》なテンションだ。

そして僕も、気分は彼女と同じで、

「いいよな、上野《うえの》」

言いながら、並んでその敷地《しきち》内を歩き出す。

「僕も好きでさ、この感じ。なんていうか、落ち着いてて貫禄《かんろく》があって……」

僕らの住む街、西荻窪《にしおぎくぼ》の辺りは戦後になって栄えたらしい。

それ以前は別荘地みたいな扱いで、言ってみれば昭和中期以降に繁華街になった若い街だ。

けれど――新宿《しんじゅく》駅以東。

特に、東京駅にも近いこの辺りには明治以前から重ねられた「歴史」がある。

例えば建物の造り、豊かな敷地《しきち》の使い方、年季の入った背の高い街路樹。

そこかしこに年月の気配を感じ取ることができた。

内心憧れの街だったし、いつかデートで来てみたいと思っていた。

今回の『誠実さを見せる』という目標にも、ぴったりの舞台なはずだ。

「散歩するだけでも楽しそう」

木々を見上げ、暦美《こよみ》は言う。

「満開の桜とか、雪景色も合いそうだよね。また違う季節にも来たいなあ……」

そんな彼女を見ながら。

暦美《こよみ》の横顔を眺めながら——僕は未《いま》だに、不思議な感覚を覚える。

——分かれていた人格が統合して。

そして現れた「暦美《こよみ》」という人格は——秋玻《あきは》、春珂《はるか》二人の面影を色濃く残していた。

彼女たちの性格は、真逆と言ってもいいほどかけ離れたものだったと思う。

落ち着いて冷静で、どこか脆《もろ》いところもあった秋玻《あきは》。

無邪気でちょっとドジで、けれどしたたかな面もあった春珂《はるか》。

そんな二人が統合して、どんな性格になるんだろうと思っていたし、正直に言えば不安も覚えていた。けれどいざ彼女が目の前にいると、不思議な納得感もあるのだった。

落ち着いているし無邪気で、脆《もろ》いけれどしたたか。

そんな全ての要素を内包した——暦美《こよみ》。

彼女の中には、はっきりとした矛盾が存在している。

でも……考えてみればみんなそんなものなんだろう。

人は自分の中に矛盾を抱えているし、それを受け入れたからこそ暦美《こよみ》は秋玻《あきは》と春珂《はるか》を自分の中で共存させることができている。きっと、そういうことなんだと思う——。

——なんて。そんな真面目なことを考えていたのに、

「あ！　あれが国立科学博物館だね！」

そう言う暦美《こよみ》。

「ほら、早く行こう」

足早に歩き出す彼女が、自然にこちらに身体《からだ》を密着。

そして——、

「……っ！」

——抱きついた。

僕の左腕に、ひしと抱きついてきた！

……くっついてる！

身体《からだ》、思いっきり密着しちゃってる！

しかも暦美《こよみ》の腕、結構力入ってるからがっつりめに！

これは……これはいけません！

いちゃいちゃしないつもりだったのに！

ボディタッチだって避けるつもりだったのに！

デート開始早々、いちゃいちゃ&タッチしちゃってるじゃないか！

「ここが入り口かあ……」

そんな僕の動揺も知らず、博物館前に着いた暦美《こよみ》はのんきに辺りを見回している。

「わ、蒸気機関車があるよ！　これ、本物かな」

「あ、ああ。そうじゃないか？　多分……」

「すごい、こんな重そうなのが走ってたんだね」

「ああ、マジすごいな……」

そんな風に答えながらも、もちろん僕は上の空だ。

これは……ダメだろ！

付き合ってもいないのに、腕抱きつきはダメだろ！

こんなんカップルにのみ許される距離感だよ！　不埒《ふらち》すぎる！

……いや、でもギリセーフか⁉

今の暦美《こよみ》は、その身体《からだ》に大きめのデニムジャケットを纏《まと》っている。

硬めのその生地のおかげで、幸い腕に当たる感触はちょっとゴワゴワ。彼女の体温もそこまで感じない……。

ならまあ、ギリギリセーフかも。今の関係でも、これくらいくっつくのはありかも。

……暦美《こよみ》が上着を着ていてよかった。

デニムジャケットだから我慢できたけど、柔らかい素材のカットソーとかだったら我慢できなかった……。

「あ、券売機だ」

考えている間にも、館内に到着し暦美《こよみ》が言う。

「とりあえず、チケット買っちゃおう！」

それと同時に——ごく自然に離れる身体《からだ》。

彼女は鞄《かばん》の中に手をやり、財布を探りながら券売機へ向かう。

「はあ……」

その背中を眺めながら、僕は深く深くため息をつく。

よかった。偶然だけど、距離を取ることができた。

まさか……こんなにすぐくっついちゃうとは、思ってもいなかったな。

いやまあ、密着がまずいなら僕から自然に振りほどけばいいんだけど。

紳士的に距離を取ればいいんだけど、とはいえ僕も暦美《こよみ》が好きなわけで。

そんな理想の通りに、きっちり振る舞うのも難しいのだ。

……気を付けよう。以降はこの距離感を保てるよう、注意していこう……。

そんなことを考えつつ、僕は館内の案内を指差す。

「まずは……地球館から行こうか。日本館じゃなくて、あっちの地球館から」

「うん、わかった！」

と、暦美《こよみ》はこくりとうなずいたあと、

「ていうかちょっと暑いねー。よいしょ」

「……？」

――脱いだ。

暦美《こよみ》が何気ない顔で、デニムジャケットを脱いで鞄《かばん》にしまった。

インナーに着ていた長袖が露《あら》わになる。

そして、彼女はそのままの流れで――、

「よし」

「……!?？!?！」

――再び抱きついてきた。

柔らかい素材のカットソー姿になった暦美《こよみ》が、もう一度腕に抱きついてきた。

今度こそ、はっきりと感じる彼女の体温。布越しに覚える感触。

二の腕に当たる柔らかさと——彼女の髪から香る、シャンプーの匂い。

「……っ！」

アウトである。

この感触、迷うことなく一発アウトの密着である。

全身の血が沸騰する。意識が完全にそっちに持っていかれる。

「恐竜の化石とかある方だよねー」

何食わぬ顔で、そんなことを言っている暦美《こよみ》。

「わたし、初めて見るかも。楽しみだなあ……」

……なぜ？

完全にテンパりながら、その態度に愕然《がくぜん》とした。

なんで暦美《こよみ》、こんなことをしてくるんだ……⁉

さすがにここまでの密着は、秋玻《あきは》と春珂《はるか》に別れていたときだってそうしなかったのに。

というか、腕に抱きついてくるにしても、ここまでこう「ぴとっ」みたいにくっついてくることはなかったのに……！

一体暦美《こよみ》は……何を考えているんだ⁉

＊＊＊

──よし！　捕まえた！

矢野《やの》くんの腕を、もう一度がっつり捕まえました！

しかも今度は、結構な薄着で……！

酷《ひど》くドキドキしながら、手にギュッと力を入れる。

彼の体温を肌で感じながら、それでも何食わぬ顔で地球館へ向かう。

「あっちの建物だから、一回外出て行こう……」

「うん、わかった！」

──今日は最初から、矢野《やの》くんの様子がおかしかったんだ。

なぜだろう。妙にわたしとの接触を、避けている感じ……。

最近ずっと淡泊ではあったけど、今日はそれ以上。歩くときには半歩分の間を開けて。電車でも、微妙に距離を開けて座るのを心がけているみたいだった。

態度がよそよそしいわけでも、冷たいわけでもない。

けれど、あからさまにわたしとの間に置かれた距離……。

どうしたんだろう？　もしかして、何か不機嫌……？

ただ、上野《うえの》に着いた辺りでわたしは気付いた。矢野《やの》くんの意図を悟ったのだった。

もしかして、これ……、

——『もっとガンガン来いよ！』ってことじゃないの⁉

ここまで寂しい思いもさせちゃった分、わたしからもっと来いよってことじゃないの⁉

……なるほどね。だとしたら納得がいきます。

宇田路《うたろ》でもその前も、彼はわたしのために精一杯頑張ってくれたんだ。

無茶もしてくれたし、大変な思いもたくさんしてくれたと思う。

「秋玻《あきは》と春珂《はるか》、どっちかを選んで？」なんて無理なお願いもしてしまったし。

うん。そういうことを求められるのも当然だ。こっちから好意を見せろって主張は、ごく真っ当です。

なら……恥ずかしいけど、わたし頑張ります。

矢野《やの》くんに、くっつきまくってやろうと思います！

科博へ向かいながら、そんな決意をわたしは密《ひそ》かに固めたのでした。

——ということで。

わたしたちは密着したまま一度本館を出ると、別館となる地球館へ入った。

メインは本館である日本館らしいのだけど、展示量は地球館の方がぐっと多いそうだ。

「――わー、すごい人！」

「だな、まだ午前中なのに……」

建物内、エントランスを通り抜けながらそんなことを言い合う。

やっぱり、国内有数の博物館だけあって館内は混み合っている。

多いのは、小学生から中学生くらいまでの、修学旅行中と覚しき子供たちだ。皆どこか浮かれてそわそわした様子で、周囲の友達と話をしている。

そして……そのうちの何人かがこちらを見ると、「おっ」という顔をした。

さらに、ニヤニヤしながら周囲の友達に報告を始めてしまう。

「ラブラブー」「くっつきすぎだろあの二人ー」

……ちょ、ちょっと！　茶化さないでよ！

こっちだって必死なんだから！

ていうか……そう言われちゃうと、改めて自分の状況を意識してしまう。

ぐっと腕に力を入れて、矢野《やの》くんにくっついて。

ほとんど抱きついているみたいになっているかもしれない……。

……で、でも、今回はそれでいいんです！

こうやって、二人の仲を確かめたいんだから！

「よ、よし。一階から見ていこう……」

ちょっとは意識してくれているのか、矢野《やの》くんもどこか浮ついた声でそう言う。

「どの階から見てもいいんだけど、まずはここから……」

「うん、わかった」

うなずいて、わたしは彼の言う通りにする。

展示ね……。確かに、興味はあります。

博物館は好きだし、東京でも科博以外の展示には何度か行ったことがある。

だけど、今回はそれを見るだけじゃなく、矢野《やの》くんといちゃつくのも大事なんだ。

どっちも大事にして、今日を良《い》い日にしよう。

そんなことを考えながら、軽い気持ちでわたしたちは展示室へ向かった。

それが——わたしにとって、大きな誤算でした。

＊＊＊

——地球館。

一階の目玉となっている「地球史ナビゲーター」。

宇宙の歴史や人類の進歩を、巨大スクリーンで二十分ほどもかけて眺めたあと。

「――人類……」

――暦美《こよみ》は。

食い入るようにそれを眺めていた暦美《こよみ》は――感無量の表情でそうつぶやいた。

「そうだよね……わたしたちは、こんな長い歴史の先に立っているのよね……」

遠い目をして、百億年以上の歴史に思いを馳《は》せる彼女。

まだ全体の十数分の一、一階の半分も見終えていないというのに、大作映画を見たあとみたいな顔をしていた。

口調だってずいぶん感傷的。言うなれば、完全に秋玻《あきは》モードに入っている。

そうなる気持ちはよくわかる。僕だって感動していた。

最新の技術で表現された人類の歴史に、なんなら若干涙ぐんじゃっていた。

ただ、それだけじゃない。

内心、僕はほくそ笑んでもいる。

だって、ちらりと視線を落とすと――腕が解かれている。

さっきまでギュッと抱きついてきていた暦美《こよみ》。

彼女の手は僕から離れ――今や鞄《かばん》の取っ手を握りしめていた!

──計算通り！


これが今回、デートの行き先を国立科学博物館にした理由の一つだった。

事前に挙げた行き先候補はいくつもある。

原宿《はらじゅく》に舞浜《まいはま》、渋谷《しぶや》に行く案や、二年前に行ったお台場《だいば》を再訪する説もあった。

けれど、僕が選んだのはここ上野《うえの》。中でも国立科学博物館。

理由は──気を逸《そ》らせる気がしたから。

今回誠実でなければいけない僕が、暦《こよみ》美を意識しすぎてよからぬことをしてしまわないよう、夢中になれるスポットにしたかったから。

例えば……これで原宿《はらじゅく》なんかに買い物に行っていたら、試着する暦《こよみ》美に悶々《もんもん》としただろう。舞浜《まいはま》に行っていたら、マスコットキャラと戯《たわむ》れる暦《こよみ》美にドキドキしただろう。

けれど──科博なら。知識欲を刺激する展示ばかりな科博なら、ほどよく暦《こよみ》美から意識を離すことができるはず。暦《こよみ》美も博物館は好きらしいし、間違いなく楽しんでもらえるだろう。つまり、攻守ともに最強なのがこの国立科学博物館なのだ。

そして実際、

「さすが、国内有数の博物館……」

地球史ナビゲーターの部屋を出ながら、暦《こよみ》美は目元を拭っている。

「初っぱなから、こんなに……」

——作戦成功である。

暦美《こよみ》は完全に展示に熱中。僕の腕を放してしまったことにさえ気付いていない様子だ。

「……あ！　ねえねえ。あのクジラ、もしかしたら実物大なんじゃない⁉」

さらに——向こうに見えてきた次の展示。

天井からぶら下がる巨大なクジラの標本に、彼女は声を弾ませる。

「わあ……やっぱりそうみたい」

足早にそちらへ近づくと、暦美《こよみ》は説明文に目をやり、

「へえ、マッコウクジラ。どっちかっていうとクジラの中では小さいイメージだったけど、こんなにおっきいんだ……」

「だな。これが海の中泳いでるとかすげえな」

「お！　しかも、中にある骨格は実物なんだって！　へえ、遺体を砂に埋めて骨を取り出すんだ……」

好奇心丸出しの顔で、説明を読み込む暦美《こよみ》。

その表情に——僕は確信する。

これは……勝ったな。

この調子で展示を見て回れば今日のデート、確実に硬派を貫くことができる。

確かに、このあとも夕方まで一緒にいる予定だけれど、なんせ科博は広い。

じっくり見て回れば、一日では見きれない程の展示がある。

つまり――このデート。
誠実さを貫いて、僕の完全勝利だ！

内心でそんな風に叫びつつ、僕は次の展示に向かう暦美《こよみ》のあとに付いていったのだった。

＊＊＊

「――お待たせしました、ジュラ紀ハンバーグプレートです」

「あ、はいわたしです！」

「お次に、ハヤシライス」

「自分です」

「ごゆっくりどうぞー」

にこやかに頭を下げて、店員さんがテーブルを去っていく。

そちらに小さく頭を下げ返してから、

「おいしそう……！」

わたしは目の前、やってきたプレートに喜びの声を上げた。

ここは、地球館内にあるレストラン、ムーセイオン。一階に続いて地下一階から三階までを見終えたわたしたちは、そろそろお昼にしようとここを訪れていた。

いっぱい歩いてお腹《なか》ペコペコだ。

矢野《やの》くんの前でちょっと恥ずかしいけれど、わたしはボリューム満点、恐竜の足跡型のハンバーグをチョイス。矢野《やの》くんもしっかりめに食べたかったらしく、がっつり系のメニューを選んでいる。

「いただきます！」

「いただきます……」

「んー、おいしい！」

言い合ってから一口食べると――うん、思いのほか本格的な味だ。

パワーが欲しかったお腹《なか》の具合にもハンバーグの肉肉しさがマッチして、これを選んで正解だったなと思う。

ただ……わたしがこのわんぱくなメニュー、「ジュラ紀ハンバーグプレート」を選んだのは、ボリューム以外にも理由がある。

「恐竜……すごかったね！」

フォークを手に持ちながら、興奮収まらぬわたしは言う。

「大きいのから小さいのまでいっぱいいたし、知らないこともたくさんだったよ！」

——ハマっていた。

地下一階に展示されていた恐竜の化石たちに、わたしは完全に魅了されてしまっていた。

もともと恐竜映画は見たことはあったし、いつかこの目で実物を見れたらいいのになんて思っていた。とはいえあくまでちょっと興味があるくらい。そこまで詳しい方ではなかったと思う。

ただ、トリケラトプスやステゴサウルス、ティラノサウルスなんて聞いたことのある恐竜から、シチパチやヒパクロサウルスなんて初めて聞く名前まで。

彼らの化石や複製、その説明を見ていて——虜《とりこ》になってしまった。

大昔の生き物と、彼らの活《い》き活《い》きとした生態に夢中になってしまった。

何億年も昔に生きていた、巨大な生物たち……。

興味が次から次へと溢《あふ》れてしかたないし、家に帰ってからも色々調べてしまいそうだ。

「そう言えば、入り口の近くにミュージアムショップあったよね！」

「だな。あとで見に行こうか」

「うん！　恐竜グッズ欲しいな。うっかり、化石が売ってたりするといいんだけど……」

——なんて、そんなことを言い合っていて。

無邪気に話していて——我に返った。

「——はっ……!!」


わたし……いちゃいちゃしてない！

今だけじゃない。恐竜を見る間もその前も……。

いつの間にか——くっつくのやめちゃってた！


衝撃を覚えながら、わたしは思い出す。

確か……地球館に向かっていたときには矢野《やの》くんの腕を抱きしめていたはず。

そのまま展示を見始めたのは覚えているし、矢野《やの》くんのどぎまぎした顔も覚えている。

けれど……いつからだろう。わたしは彼の腕を放し、その後は展示に集中。

手すりから身を乗り出したり説明文に感動したりしながら、純粋に博物館を楽しんでいた。


「……くっ！」


悔しさに、思わずフォークをギュッと握った。

何してるの、わたし！

今日はいちゃつくのも大事な目標なのに！

というか、それがデートのメインの目的なのに！

なんで普通に博物館を楽しんじゃってるの……!?

「……ん？　どうした？」

様子がおかしいのに気付いたらしい、矢野《やの》くんがこちらを覗《のぞ》き込む。

「なんか、食べ物に変なもの入ってた？」

「あっ、そういうわけじゃ、ないんだけど……」

「そっか」

何気ない顔でうなずいて、ハヤシライスを食べている彼。

……もしかして、これもわざと？

『魅力的な展示を前にして、いちゃいちゃできるかな……？』

『暦美《こよみ》の本気を見せてもらおうか……』

という、矢野《やの》くんが与えた試練なの……!?

だとしたら……しまった。あっさり彼のしかけた罠《わな》にハマっちゃった。

矢野《やの》くん、そんなことまで考えてデートスポットを決めていたなんて……。

こうなれば……ここから持ち直していくしかない！

今からでも少しずついちゃいちゃゲージを上げていって、すぐにでも入館時くらいの密着度合いに持っていかないと！

少し考えて、わたしは周りにあるものを確認してから、

「……矢野《やの》くん？」

恐る恐る、そう切り出した。

「このハンバーグ、本当にすごくおいしいよ」

言って、わたしは手元のハンバーグを指差す。

「最初はお子様向けかなって思ったんだけど、しっかりお肉の味がして」

「へぇ、いいな。ここ、上野《うえの》の老舗料理屋がやってるらしいし、味にもこだわってるんだな」

「うん、だからね」

うなずくと、わたしはハンバーグをフォークに刺す。

そして、ゆっくりそれを彼に差し出すと、

「一口……どう？」

そう、尋ねた。

さらに、

「わたしの食べかけだから……嫌じゃなければ、だけど」

あえて、そんな風に付け足した——。

——間接キス。

わたしが狙っているのは、これまでも何度かわたしたちの間で話題になった間接キスだ。

彼にジャブをしかけて、動揺させる。

そのために——あえて一口かじったハンバーグを差し出したのだった。

もちろん、リアルにくっついたりいちゃいちゃするのよりは効果は薄いだろう。

こんなので本気でドキドキするのは、小学生か中学生くらいかもしれない。

けれど、ここまで展示に気を取られて、完全にカップル的な空気ではなくなってしまった。

だからまずはこういう小さなところから、もう一度こっちのペースを取り戻すようにしていきたい。

「……あれ、食べないの？」

なぜだろう、硬直している矢野《やの》くんに、わたしは首をかしげてみせる。

きっと……彼としては。

わたしに試練を課している彼としては、安易に乗るわけにもいかないんだろう。

だからわたしはちょっと趣向を変えて、

「……やっぱり、やだったかな？」

しゅんとした顔を作って、彼にそう尋ねてみる。

「わたしと間接キスするの……嫌だった？」

＊＊＊

——嫌なわけがなかった。

暦美《こよみ》の食べかけが嫌だとか、そんなわけがなかった。

「や、そ、そういうわけじゃ……」

しどろもどろで言うけれど、その後の言葉がうまく続けられない。

間接キス……不埒《ふらち》である。

付き合っていない二人の純粋なデートですることとしては、少々破廉恥である。

絶対硬派でありたい僕としては、ギリギリ許容範囲外だ。

けれど、

「じゃあ、なんで食べないの……？」

暦美《こよみ》はさらに、僕にそう尋ねてくる。

「矢野《やの》くん、ハンバーグ嫌いじゃないよね？　一緒にハンバーガー屋、何度も行ったことがあるし……」

——硬派なデートにしたいのだ、などと打ちあけるわけにはいかないんだ。

暦美《こよみ》には、マジで自分が誠実な男子なんだと思ってほしい。

逆に、誠意を見せる、みたいなことを目標にしているのがバレれば、

『てことは、逆に本当はやらしいことしたくてしょうがないの？』

『矢野《やの》くん、体目当てなんだね……』

なんて思われかねない……！

それはまずい！　マジでそんな風に思われたくない！

じゃあ、どうする？

なんて言えば、この状況を切り抜けられるんだ……？

「ねえ……食べてくれないの？」

——ふと、そのハンバーグが目に入った。

暦美《こよみ》のフォークに刺さっている、小ぶりなハンバーグ。

彼女がかじって一部形が削れているけれど、元は恐竜の足跡をかたどっていたんだろう。

そのとき——ひらめいた。

その形状に、僕はとあるアイデアを思い付いた——。

「……ああごめん、ちょっと気になっちゃってさ」

何食わぬ顔で、僕は彼女にそう返す。

そして——、

「この足跡——どんな恐竜の足跡を、モデルにしたんだろうなって」

「あ、ああ……」

なんだそんなこと、と言いたげな顔で、暦美《こよみ》はハンバーグを見た。

「うーん、ティラノサウルスじゃないの？　三本指だし、爪尖《とが》ってるし……」

「そう、僕も最初はそう思ったんだよ」

身を乗り出し、僕はそう続ける。

「けど、このメニューの名前は『ジュラ紀ハンバーグプレート』だろ？　ティラノサウルスが生きてたのは？」

「えっと……」

暦美《こよみ》は鞄《かばん》からスマホを取り出し、ささっと何かを検索し、

「……白亜紀って書いてある！」

「そう、だからティラノサウルスじゃないんだよ！」

「ええ。じゃあなんの恐竜なんだろう……」

言いながら、暦美《こよみ》は真剣な顔で考え始める。

「ちょっと調べてみよ」

そして、彼女は無意識の顔でハンバーグを平らげ、スマホでポチポチ調べ物を始める。

「多分大きな肉食恐竜だよね。アロサウルス……あーでも、意外と足跡の形が違うなあ……」

——計算通り！

夢中で検索をする暦美《こよみ》に、僕はもう一度内心ほくそ笑む。

狙った通りだ……意識を僕から恐竜に逸《そ》らすことができた！

……暦美《こよみ》が恐竜にハマったのは、完全に予想外だった。

まさか彼女が、巨大な化石を前に小学生みたいにはしゃぐとは思っていなかった。

けれど、今回はそんな想定外の展開をうまく利用できた形だ。

暦美《こよみ》がこう見えて、好きなことには一直線のオタクタイプでよかった……。

「……うーん、ぴったり当てはまるのはないなあ」

考える僕の前で、スマホを手に暦美《こよみ》は眉間にしわを寄せている。

「小型の肉食恐竜は、もうちょっと華奢《きゃしゃ》な感じだし。もしかして、首長竜とかの方が近かったりするのかな？」

「よければさ、学芸員さんに聞いてみよう」

僕もハヤシライスを食べ終え、店の出口を指差す。

「ちょうどさっき、その辺に歩いてる人がいたから。質問してみよう」

「うん！」

元気にうなずくと、暦美《こよみ》は改めてプレートに目をやる。

「早く食べちゃわないと！」

そう言うと、彼女はフォークを手に取り、おいしそうに食事の続きに入ったのだった——。

＊＊＊

「——港川人……へえ、沖縄で見つかったんだ」

地球館を見終え、やってきた日本館。

二階北側の展示、『日本人と自然』にて——。

「あはは、このお父さんの顔！　うちのお父さんもよくこんな表情するよー。ずっと昔から、人はこんな感じだったんだねえ……」

原始時代から近世まで、それぞれの時代の家族を模した実物大像の前で。

その一人一人をマジマジ眺めていたわたしは——、

「……はっ！」

そこで——我に返った。

また……忘れちゃってる！

わたし、矢野《やの》くんといちゃいちゃするの、完全に忘れちゃってる！

「くっ……」

悔しさに思わず唇を噛《か》んだ。

なんという不覚！　一度ならず二度までも、科博の魅力に魅せられてしまうなんて！

本題を忘れて、目の前の展示に夢中になっちゃうだなんて……！

冷静を装《よそお》いながら、隣の矢野《やの》くんをちらりと見る。

「やー、ほんとだな」

のんきな顔でそう言いながら、像を眺めている矢野《やの》くん。

「こうして見ると、人の営みが変わらないのがよくわかるよな……」

……確かに、目の前にあるのは魅力的な展示だ。

港川人という沖縄で見つかった、旧石器時代の人々の家族の像。

頑張ってヤンバルクイナを捕ってきたお父さんと、果物やホラ貝を捕ってきた元気なお母さんという二人の並び。お父さんの苦笑いの表情が面白くて、この夫婦の関係性が見える気がして、思わず何万年も前の人に共感してしまう。

……でも！

今大事なのは目の前にいる矢野《やの》くん！　そんな彼との距離を縮めることなんだ！

なのに、わたしは何をしてるんだ……。

知識欲に振り回されて、歴史に思いを馳《は》せちゃって……。

「……ぬぐぐ」

ここまで今日一日を過ごして、よくわかったことがある。

もう、中途半端《ちゅうとはんぱ》なことをしてはダメなんだ。

腕に抱きつくとか間接キスとか、その程度のことじゃもう足りない。

それに、何かにかこつけてだとか、偶然を装《よそお》ってだとか……そんなことをしてちゃ、一ミリだって前に進めないんだ。

はっきりと——わたしの意思を見せなきゃいけない。

だから——、

「……ねえ、矢野《やの》くん」

言って、わたしは彼の服の裾を掴《つか》む。

そして——展示室の外。

人気のない階段の方へ向かって歩き出した。

「お、ど、どうしたんだよ……」

矢野《やの》くんが驚き尋ねてくるけれど、わたしは答えない。

ずんずん進んで階段を少し降り、人気のない廊下の隅に到着する。

正面から向かい合う矢野《やの》くん。困惑している、彼の表情……。

わたしの心臓も、一気に加速を始めた。
そこで——わたしは一つ、深呼吸。
ひやりとした博物館の空気を吸い込んでから……目を閉じた。
そして、顔を小さく上げて彼に向けると、

「……ん……」

かすかに、そんな声を上げた。
——ここまですれば、彼もわかってくれるだろう。
彼女に人気のないところに連れてこられた。
そのうえ、彼女は目を閉じ顔を自分に向けている。
——ちゅーしてほしい。
この状況が『そういう意味』であることは、さすがに誰でもわかるはず。
ましてや……鋭い矢野《やの》くんが気付かないはずがない。
それに、ここには展示物も何もないんだ。
話をそっちに持っていくこともできないわけで……もう、どこにも逃げ場はない。
——さっきから、胸がすごい速度で高鳴っていた。

顔がジンと熱を帯びて、手の平にじっとりと汗をかく。
考えてみれば……矢野《やの》くんとこういうことをするのは、いつ以来になるだろう？
宇田路《うたろ》に向かう途中？　新函館北斗《しんはこだてほくと》のホテルとか……？
あの夜のことを思い出すと、もう一度心臓が跳ねて。
わたしは、どうしようもなくそわそわしたまま、彼の動きを待つ──。

＊＊＊

──あからさまだった。
もう、逃げようのないほどわかりやすく──ちゅー的なことをねだられていた。
「……っ！」
なんでだよ！
なんで付き合ってないのに、今日の暦美《こよみ》はこういうことをしたがるんだよ！
僕を試してる⁉　にしてもしつこすぎないか⁉
それとも、何か他に理由があるのか……⁉
わからない、わからなくて……反射的に、周囲を見回す。
何かまた、暦美《こよみ》の気を逸《そ》らせるものがないかと視線を走らせる。

けれど……ない。
僕らがいるのは階段の中程。奥まった場所にある、ただの通路だ。
ここに、暦美《こよみ》の気を引けるようなものは一切ない……。
「……」
反射的に、暦美《こよみ》に視線を戻してしまった。
柔らかく閉じられた目。頰に陰を作っている長いまつげ。
透き通るような頰と、潤んだ薄い唇。その色合いに……ごくりと唾を飲んだ。
――僕だって、したいに決まっているんだ。
ずっと暦美《こよみ》のことが好きだった。
高校二年生の始業式の日、初めて会ったときから彼女のことが好きだった。
だから――今僕を突き動かそうとする欲求は。
暦美《こよみ》に触れたいという思いは、自分の中で今にもはち切れそうなほどだった。
それでも、
「……くっ」
僕は歯を食いしばり、自分をなんとか抑えつける。
だからこそ――僕は誠実でいたいんだ！
これまで散々傷ついてきた暦美《こよみ》に、幸せであってほしい。

恋人として、彼女を不安にさせたり不快な気分にさせたりしたくない。

だとしたら順番は本当に大切だし、雰囲気に流されてしまえばどこかで暦美《こよみ》を軽く扱っていることになってしまう。そんなこと、絶対にしたくない。

だから、焼け付きそうなほどに頭を回して、必死に自分の欲求を抑えこんで、

「……戻ろう」

僕は、暦美《こよみ》にそう言った。

「そういうのは、一旦やめて……展示室に戻ろう」

もはや、取り繕うことも何か理由を付けることもできなかった。

どうしようもなくストレートな物言い。今は、そういう言い方しかできない。

その言葉に驚いたのか。暦美《こよみ》はぱっと目を開け、大きな瞳で僕を見る——。

＊＊＊

「……うん、そうだね」

矢野《やの》くんの言葉に、わたしは小さくうなずいた。

「ごめんね、変なことして……」

——断られてしまった。

矢野《やの》くんに――はっきりとちゅーを断られてしまった。

「いや、こっちこそごめん……」

「ううん……」

「……」「……」

とぼとぼと、無言で二人展示室へ向かう。

頭の中では、疑問と悲しさがぐるぐる回り続けていた。

どうして、そんなに避けようとするんだろう？

なんで矢野《やの》くん、今日はいちゃいちゃを拒否するんだろう？

最初は、試練を与えているんだと思っていた。

「もっといちゃいちゃしに来いよ！」

っていう、ある種の愛情表現だとばっかり思っていた。

さっきの件だって、結構無茶してしまった自覚はある。

博物館の館内でちゅーなんて、他のお客さんには迷惑かもしれない。

矢野《やの》くんの反応は、常識的なものだとも思う。

けど……、

「……おー、ヒグマの剝製」

次の展示室。並んでいる展示物に、矢野《やの》くんは声を上げている。

「山の中でこんなのに会ったら、祈ることくらいしかできないだろうなー」

もしかしたら……そうじゃないんじゃない？

矢野《やの》くんは、そんなことを考えて距離を取ろうとしてたわけじゃないんじゃない……？

付き合っている人を遠ざける理由。彼女とのいちゃいちゃを拒否するわけ。

……今思い付く理由は、一つしかなくて。

そうなると、もうどう考えても「そういうこと」なんだとしか思えなくて……。

「……」

わたしは声も出せないまま、彼のあとについてぼんやりと歩いていった──。

＊＊＊

──不忍池《しのばずのいけ》。

考えてみれば、ここに来るのは初めてだった。

「へー。落ち着いたところだな……」

国立科学博物館を見終えて。ミュージアムショップでおみやげを買ったあと。

僕らは今日最後の目的地である、不忍池《しのばずのいけ》へ来ていた。

「貸しボートにも乗れるみたいだし……そこに見えるのが辯天堂《べんてんどう》だな」

すでに日は西に大きく傾き、景色全体が橙色《だいだいいろ》に染まりつつあった。

自然を感じさせる池と開けた空、その向こうに見えるビル群のコントラストが面白い。

もう一度、僕はこの東京に流れた長い年月と、それでも変わらなかったものに思いを馳《は》せる。

……ドキドキし始めていた。

このデートのラスト、僕にとっての大詰めに差し掛かり、酷《ひど》く緊張し始めていた。

予定通り、これから告白しようと思っている。

改めて、僕の気持ちを伝える。

その上で、彼氏彼女の仲になりたいとはっきり言うんだ——。

けれど……ちらりと暦美《こよみ》の方を窺う。

僕の一メートルほどあと。物静かについてくる彼女……。

キス待ちをはぐらかしてから、暦美《こよみ》はずっとこうだった。

静かだし口数が少ないし、いちゃついて来ようとすることもない。

展示に向ける視線さえ、どこか心ここにあらずになっていた。

その表情は哀《かな》しげで、深く傷ついているようにしか見えなくて、

「……」

……僕は、失敗したのかもしれないと自覚する。

ひたすら暦美《こよみ》のいちゃつきを避けてきたのは、間違いだったのかもしれない。

誠実でありたかった、暦美《こよみ》を大切にしたかった。我慢をしたのは、そのためだった。

けれど——元気のない暦美《こよみ》。

酷《ひど》く沈んで見える表情——。

今日の僕の態度は……本当に正しかったんだろうか。

もっと違う風に、暦美《こよみ》と接するべきだったんじゃないのか……。

——弁天堂《べんてんどう》へ向けて歩いていく。

その本堂の前で左手に曲がり、池を見渡せるスペースに着いた。

見回すと……周囲に人の姿は見えない。話をするなら、ここがちょうどいいだろう。

「……ありがとな、今日は」

暦美《こよみ》の方を振り返り、僕は彼女になんとか笑ってみせる。

「久しぶりに一緒に過ごせてうれしかった。博物館も楽しかったし……」

「……うん」

暦美《こよみ》は相変わらず言葉少なに、そう言ってうなずく。

「わたしも楽しかったよ……」

「またいつか来れるといいな。日本館とかは、ちょっと早足で見ちゃったし」

「……そうだね」

やっぱり元気のない暦美《こよみ》。

けれど——ここで引き下がるのもよくないだろう。

最初にした決意は、最後まで貫くべきだ。

予定通り、改めて暦美《こよみ》に告白しようと思う——。

「……あのさ、暦美《こよみ》」

一度咳払《せきばら》いしてから、僕は彼女に呼びかける。

「今日、実は……話したいことがあったんだ」

「……っ！」

暦美《こよみ》が勢いよく顔を上げる。

驚いた表情でこちらを見たあと——なぜか顔をくしゃっと歪《ゆが》め、

「……そうだよね」

泣き笑いみたいな顔で、そう言った。

「そういう話になるよね……」

……そういう話？

わからない。暦美《こよみ》が何を指してそう言っているのかよくわからない。

それでも、僕は手をギュッと握り話を続ける。

「その……改めて、聞いてほしいんだけど」

言って、僕は暦美《こよみ》に向かい合う。

大きく息を吸って、頭の中で言葉をまとめて、

「こうしてデートして、はっきり自分の気持ちがわかったよ。僕は暦美《こよみ》が――」

「――別れたいんでしょ!?」

暦美《こよみ》が――そう叫んだ。

泣き出しそうな顔で、キッとこちらをにらみつけ暦美《こよみ》が叫んだ。

「もう矢野《やの》くん……わたしのこと好きじゃなくなったんだ！　だから別れたいんでしょ!?」

「……は？」

その言葉に――思わず呆《ほう》けてしまう。

別れたい？　好きじゃなくなった？　暦美《こよみ》は、何を言ってるんだ……？

そもそも――僕ら、付き合ってないんだけど……？

＊＊＊

「ちょ、ちょっと待った！」

――わたしの言葉に。

別れたいんでしょ？　というわたしの追及に、矢野《やの》くんは困惑の顔になる。

「暦美《こよみ》……何言ってんだよ？　別れたい？　わけが、わかんないんだけど……」

「わかんないわけないでしょ！」

そんな彼に、思いっきり泣き出してしまいながら反論する。

「だって……それ以外にありえないじゃない！　あんなにわたしのこと避けておいて、こんな風に話したいことなんて！」

「い、いやいやいや！」

わたしの剣幕に驚いたのか。

返す矢野《やの》くんの言葉も、ずいぶんと勢いのいいものになる。

「そりゃ、避けたりもするだろ！　あんな風にくっつかれたら！」

「なんでよ！　いいじゃない！」

「よくないだろ！」

「ほらやっぱり！　わたしのこと好きじゃないんだ――」

「――好きだよ！　好きに決まってるだろ。でも今そういうことするのは――」

「――何がいけないの⁉　なんでダメなの――」

言い合いになってしまった。

完全に、お互いに大声をぶつけあう言い争いになってしまった。

「──いや普通にダメだろ！　暦美《こよみ》に、そんなことしてほしくな──」

「──したいに決まってるでしょ！　わたしだって──」

わたしたちの声が不忍池《しのばずのいけ》に響く。

本堂正面辺りにいる人たちがこちらを見る。

けれど──止められない。

そして──、

「──何がダメってそんなの、暦美《こよみ》だってわかるだろ！　だって僕ら──」

「──わかんない！　だってわたしたち──」

「──付き合ってないんだから！」

「──付き合ってるんだから！」

「……………え？」

「……………え？」

──二人の間に沈黙が下りる。

さーっと風が辺りを吹き抜け、カラスがマヌケな鳴き声を上げながら飛び去る。

「いやいや、僕ら今、彼氏彼女じゃないよな？」

「ウソでしょ、彼氏彼女でしょ？」

「え……？」

「え……？」

付き合ってない？　わたしたちが……？

何を言ってるの？　それって、どういう意味……？

どれほど……時間が経《た》っただろう。

体感でたっぷり十秒分ほど黙り込んでしまってから、

「……確かに」

矢野《やの》くんが、恐る恐る口を開く。

「暦美《こよみ》のこと、好きだと言ったけど。宇田路《うたろ》の小学校の屋上で、好きだとは言ったけど……付き合っては、いないよな？」

「わたしは……好きだって言ってもらえたし。わたしも大好きって言ったし、付き合ってると思ってたけど」

当たり前に、そうなんだと思い込んでいた。

そりゃ確かに、はっきり付き合おうとは言われなかったけど……色々前提があってあんな話をしたんだから、彼氏彼女でしょ。もう付き合ってるでしょ……。

ていうかわたし、西荻《にしおぎ》に戻ってきてからもそのつもりで毎日過ごしてたんだけど……。

「や、でも……僕、そこはちゃんと言った方がいいと思って！」

矢野《やの》くんは、声に力を入れてそう主張する。

「付き合うとかそういうの、ちゃんとお互いに話して、曖昧じゃないものにしないと……」

矢野《やの》くんらしいその言葉に、ちょっとだけドキッとしてしまう。

こんなときにも、矢野《やの》くんは矢野《やの》くんだ。

そして、彼はさっきよりも口ごもり、

「避けてたのも距離を取ろうとしてたのも、誠実でありたかったからで……」

「そういうことだったの⁉」

——大声が出た。

もう一度、本殿辺りの人たちがこちらを見る。

「妙にくっつくの嫌がると思ってたけど、それが理由だったの⁉」

「うん。だって付き合ってもないのにいちゃいちゃするの、よくないと思って……」

……そう、だったんだ。

別に、わたしのことを嫌ってたとかそういうわけじゃない。

まだわたしたちは付き合っていないんだと思っていて、ちゃんとけじめを付けようと思ってくれていただけだったんだ……。

「……あの、逆にわたしは！」

顔を上げ、わたしも矢野《やの》くんに訴えかける。

「付き合ってるんだから、もっとそれっぽいことしなくちゃって。ほら、西荻《にしおぎ》帰ってきてからカップルっぽいこと全然できてないし。今回いちゃいちゃしなかったら、距離が離れていきそうで不安で。くっついたり、あれこれしないとって思ってた……」

「……なるほど」

ようやく原因が理解できた様子で。

矢野《やの》くんは、空を見上げて深く息を吐いた。

「そういうこと……だったのか」

彼とまったく同じ気分で、わたしもぼんやり視線を上に向けた。

四月の夕方。空は少しずつ、オレンジ色から深い群青《ぐんじょう》色に移り変わりつつある。

浮かぶ雲は眩《まばゆ》い金色で、吹く風はまだ少し暖かくて……わたしはほうと息をついた。

——矢野《やの》くんは、付き合っていないと思い込んでいた。

だから、わたしといちゃいちゃしないよう気を付けていた。

——わたしは、付き合っていると思い込んでいた。

だから、彼といちゃいちゃしないとと気負っていた。

そんな勘違いをきっかけに……わたしたちは今日、一日中すれ違ってきたんだ。

「……ごめん、冷たい態度取って」

神妙な声で、矢野《やの》くんは言う。

「彼氏だと思ってる人に、あんな風に拒否られたら傷つくよな……」

「こ、こっちこそごめん！」

慌てて、わたしも彼にそう返す。

「矢野《やの》くんも困ったでしょ。あんな風に無理矢理いちゃついて……」

そこまで言って——急に、恥ずかしさがこみ上げてくる。

ああああ〜。わたし、マジで何やっちゃってたんだろ……。

一人で空回って、無理矢理抱きついたりちゅーをせがんだり。

ああもう、顔熱い。これからどんな顔して矢野《やの》くんと話せばいいの……。

「……何やってたんだろうな、僕ら」

そう言って笑う矢野《やの》くん、
彼の顔も、見れば照れくさそうに赤く染まっていて、

「お互い勘違いして、空回りしてな」

「……うふふ、ほんとだね」

わたしも、釣られてなんだか笑ってしまう。

「ちょっとお馬鹿さんすぎたね、わたしも矢野《やの》くんも」

「ほんとだな。大丈夫なのかなーこんなんで、今年受験なのに」

「だねー。先が思いやられるよ」

二人でしばし笑いあう。

今日一日、国立科学博物館を巡りながら、二人でひたすらすれ違いまくって……。焦《あせ》ったし心配もしたし悲しい思いもしたけれど、こんな風に笑いあって終われるなら悪くなかったかな、と思う。

実際、楽しいことだらけだったんだ。

展示に夢中になって、恐竜にハマって、矢野《やの》くんとも一緒に時間を過ごすことができた。疑問が解けた今となっては、全部が笑い話で良《い》い思い出だ。

「……あ、じゃあさ」

と、そこでわたしはふと思い付き、矢野《やの》くんに言う。

今日の締めくくり。このデートの最後にふさわしい提案を彼にする。

「今から、ちゃんと付き合おうよ」

「今から?」

「うん。わたしも、言われてみれば中途《ちゅうと》半端《はんぱ》だったなって思ったし。お互いの関係をはっきりさせようよ」

「……うん、それがいいかもな」

納得できたようで、矢野《やの》くんはうなずく。

そして、一度大きく深呼吸すると、真っ直《ます》ぐわたしに向かい合う。

「――好きです、付き合ってください」

はっきりとした、彼の声。

そう言われるのはわかっていたのに、わたしの胸には鮮やかなうれしさが咲く。

ぽっと宿った暖かさに、わたしは口元をほころばせながら、

「――わたしも好きです」

彼に、そう返した。

「よろしくお願いします……」

――そんなわたしたちの頭上を、一羽《わ》の鳥が祝福するように飛び去っていく。

それを片目で見送りながら……あのカラスも。

わたしと矢野《やの》くんを見守ってくれたあの子も、六千五百万年前に絶滅してしまった恐竜の子孫なんだな。そんなことを、わたしは思う。

第二話
Chapter2

【暦美、バズる】

Bizarre Love Triangle
三角の距離は限りないゼロ

──52，066Views

暦美《こよみ》のスマホ。彼女が初めて書いたブログ記事。
そのアクセス解析の「閲覧数」欄に──そんな風に表示されていた。
予想外の桁の多さに、
「えっと、これは……一、十、百、千……」
わたし、須藤《すどう》伊津佳《いつか》は震える指で確認する。
そして──、

「──五万⁉」

思わず大声が出た。
「暦美《こよみ》の記事……五万二千回も見られたの⁉」
目を擦って、何度も見直すけど……うん、間違いない。
五万二千だ……！
うちの高校の全生徒で千二百人くらいだから……その四十倍以上。
半端《はんぱ》なく大勢の人が、暦美《こよみ》の記事を読んでる……！

「そうなの……」

泣きそうな顔で、暦美《こよみ》はこっちを見る。

「初めてなのに。みんな以外には、特に知らせてなかったのに……」

そして、わたしの腕に取りすがり、

「どうしよう伊津佳《いつか》ちゃん！　なんか怖い！」

彼女はそんな風に叫んだのでした――。

……その表情に、わたしはぼんやり思い出す。

こんな風になったきっかけを。

暦美《こよみ》が、自分の文章をネットに公開し始めたいきさつを――。

＊

――六月。

わたしたちが三年生になって二ヶ月。

そんなある日の昼休み、文系進学コースである三年四組の教室にて。

「……はぁぁぁ～」

わたくし須藤《すどう》伊津佳《いつか》は、ため息とともに机に突っ伏した。

「マジ梅雨無理。もう殺して……」

憂鬱だった。マジでもう……激鬱だった。

テンションは最底辺、なーんか身体《からだ》も重い。

帰りたいくらいやる気が出ないけど、帰るような元気もない。

完全に詰みです。終わりました。伊津佳《いつか》ちゃんの人生は終了いたしました……。

原因は……今も、窓の外を降りしきるにっくき大雨。

そして、クラスにじっとりと澱《よど》んでいる湿度くんたちである。

「……この世から、六月が消えればいいのに……」

——苦手だ。

わたしはこの季節の気候が、マジで親の敵かってくらい大嫌いなんだ。

もうなんか全体的にやる気が出なくて。受験生なのに勉強をする気にもなれなくて、このところダラダラと毎日を過ごしちゃっている。

まずいとは思うんだけどねー。

わたし、幼稚園の先生になりたいから都内の大学の教育学部に入りたいんだ。そのために、勉強はしなきゃなのはわかってる。でもダメ。身体《からだ》動かない。あーもーマジで無理～。

「そこまでかよ……」

そんなわたしの隣の席に、細野《ほその》がお弁当片手に困惑気味に座る。

「雨降るだけでそこまで思い詰めるのかよ……」

「苦手なんだよ低気圧。それにわたしみたいな猫っ毛だと、湿気で髪ぐちゃぐちゃになってさー。お洒落《しゃれ》ガールとしては致命傷なの」

「そうか？　そんな普段と変わらなく見えるけど……」

「変わらない⁉　これが⁉」

反射的に、ガバッと身を起こした。

「はー！　相変わらずデリカシーのない男だね！　トッキーはよくこんなんと付き合い続けてるよ！」

「……すいませんねえ」

「ったく！　くるくるの髪もかわいいよ、くらいのこと言えないもんかね！」

「俺に言われてもうれしくないだろ……」

——小学校からの知り合いで、小中と六年間クラスが同じだった細野《ほその》晃《あきら》。

高校に入って二年間は違うクラスだったんだけど、なんと今年、久しぶりにクラスが同じになった。

普段からこんな感じでやりあってばかりだけど、二年生のときのクラスメイトがみんなバラバラになっちゃったから、気楽に話せる相手がいるのはありがたい。

それに——、

「おー、今日も相変わらずだなあ……」

教室の入り口から、苦笑気味の声が聞こえた。

「仲いいね、伊津佳《いつか》ちゃんと細野《ほその》くん」

「あいつら、小学校のときからあんな感じだから」

「そうだったんだ……」

「……お、みんなー！」

振り返り、そこにいる彼らにわたしは手を振ってみせる。

「こっちこっち！　早く食べよー！」

そこにいるのは——文系特進クラスから来た矢野《やの》、暦美《こよみ》、トッキーこと柊時子《ひいらぎときこ》ちゃん。

そして、理系特進クラスから来た修司《しゅうじ》だ。

——クラスが別々になってしまってからも。

それぞれの進路に合わせて教室が別になってしまってからも、わたしたちはこうしてお互いのクラスに集まって、昼ご飯を一緒に食べるのを日課にしていた。

「あー、梅雨が辛《つら》いのはわたしもわかるなー」

机を突き合わせてお弁当を食べ始めながら。

暦美《こよみ》が眉を寄せ、わたしにそう言う。

「油断してると靴とかびちょびちょになっちゃうし。地元は梅雨がなかったからなおさらね」

「あーそっか、北海道梅雨ないんだ！」

「うん、むしろこの季節は過ごしやすいことが多かったから。東京に来て驚いたなあ」

——水瀬《みなせ》暦美《こよみ》。

つい二ヶ月前くらいまで、秋玻《あきは》と春珂《はるか》という二つの人格に分かれていたお友達。

一応、色んなことが落ち着いたあとに説明は受けていた。

もともと、秋玻《あきは》と春珂《はるか》は暦美《こよみ》という一人の人格だったこと。

その人格の中にある弱さや矛盾を受け入れられず、二重人格になってしまったこと。

そして、矢野《やの》の活躍や本人の覚悟もあって、人格は無事に統合されたこと。

秋玻《あきは》と春珂《はるか》は——もう一度暦美《こよみ》、という一人の女の子に戻れたということ。

なるほどなー……と思った。

確かに、自分の矛盾が嫌になっちゃうことあるよね。

特に真面目な暦美《こよみ》のことだ、わたし以上にそういう自分が許せない、ってところもあったんじゃないかな。

で、実を言うと。

そんな暦美《こよみ》と接するのに、まあまあ緊張していたところがあった。

人格が統合したって言っても、実際にどんな感じになるのかはよくわからなかったし。傷つくこともいっぱいあっただろうこの子に、具体的にどんな風に近づけばいいのかもわからなかった。気負ってた、っていうのかな？　考えすぎてたのかもしれない。

けど——皆で集まった、暦美《こよみ》のお帰り会。

おうちで顔を合わせた暦美《こよみ》は……なんというか、普通だった。

ごく普通の女の子。秋玻《あきは》の真面目さも春珂《はるか》の明るさもごく自然に併せ持っていて、今までもずっと友達だったような感覚。

変な話ですね。本当は初対面みたいなものなのに、そんなことを思うなんて。

でも、マジでそんな感じだったんだ。

だからこうして三年生になった今も、暦美《こよみ》とは親友として毎日仲良くさせていただいております！

「……あ、そうだ」

そんな暦美《こよみ》が、ふと思い出したような顔になる。

「ちょっと、みんなに相談があるんだけど」

「お、なになに？」

「進路とかのこと？」

「うん。えっとわたしね……」

尋ねるわたしとトッキーに、暦美《こよみ》は一度うなずいてから、

「前からライター業に興味があって。映画とか音楽とか小説とかをレビューしたり、エッセイ

を書いたりする」

「ああ、言ってたね」

矢野《やの》がお茶を飲み声を上げる。

「その勉強で、大学も文学部目指してるんだろ?」

「うん」

ふむふむ。確かに、秋玻《あきは》がいつかそんなことを言ってた記憶があるな。

雑誌やネットに文章を書く、ライターさんになりたいんだって。

「でね、受験勉強も始めたし、具体的にどうすればライターになれるかも調べてるんだけど……今人気のライターさんって、プロになる前から自分のブログとかで、文章を公開してたみたいなの。だから、わたしも半分腕試しで、そういうのやってみたくて。作品の感想書いたりとかそういうの」

「いいねえ」

うれしげな声を上げたのは修司《しゅうじ》だった。

「俺もそういうの読むの好きだからさ。書いたら教えてよ」

「うん、教える」

確かに、暦美《こよみ》の書いた文章は読んでみたい。面白そう。

ていうか、今から将来のことを考えて動き出すなんてすごいなー。

受験のことさえろくに考えられていないわたしは、ちょっと暦美《こよみ》をまぶしく思ってしまう。

「ただね……」

と、暦美《こよみ》は眉を小さく寄せて、

「どういう風に始めればいいかわからなくて。ブログって、今皆そんなに書いてるイメージないし……他の形で発表した方がいいのかな？　それとも、他の人とか気にせずブログの方がいいのかな。ちょっとそれを、みんなに相談したかったんだ」

「そっか……そう言えば、うちの姉もね」

真面目な顔で話を聞いていたトッキーが、控えめに声を上げた。

「前はブログやってたけど、最近はＴｗｉｔｔｅｒに完全に移行したって。ほら、あの人作家やってるでしょう？　だから、宣伝とかそういうのを考えると、拡散してもらいやすいＴｗｉｔｔｅｒの方がいいからって」

そう言えば、確かに最近人のブログって読まなくなったなーと思う。

ＴｉｋＴｏｋなりＹｏｕＴｕｂｅなりのＳＮＳを眺めてばっかりで、長い文章を読むことは減ったかも。

「やりたいのは、レビューとかエッセイでしょ？」

腕を組み、わたしはちょっと考える。

「やっぱりでも、今なら動画になるんじゃない？　それこそ、ＴｉｋＴｏｋのレビュー動画で本が人気になった、とか聞いたりするし。YouTubeやってるレビュワーさんとかもいそうな気がする」

「ああ、それも考えたんだけどね」

ただ、暦美《こよみ》はためらう表情になる。

「動画ってことは、自分でしゃべったりするんだよね？　合成音声を使うかもしれないけど、基本は声っていうか」

「あー、まあそうなるね」

「できれば、文章で公開したいんだあ。わたしが憧れたのも、好きなライターさんの文章を読んだからだし。結構長めのレビューとかもしたいんだけど、動画だと短めなのが人気な印象だし……」

「なら俺、お薦めあるかも」

修司《しゅうじ》がそう言って、スマホをこちらに向ける。

「このサイト、見たことない？」

表示されているのは……シンプルなデザインのサイトだった。

水色と白が基調の、優しい見た目。

いくつものカテゴリや、それに関する記事のサムネイルみたいなものが並んでいる。

わたしも、なんとなーくその色合いは見覚えがある気がして、

「……ああ！　ｍｅｍｏかあ！」

暦美《こよみ》が上げたその声に、そうだ、確かｍｅｍｏってサイトだと思い出す。

ｍｅｍｏっていうのは、クリエイターっぽい感じの人たちが文章とか写真、イラストや動画を投稿できるプラットフォーム系のウェブサービスだ。

ＳＮＳにも近いし登録は誰でもできるんだと思うけど、有名ミュージシャンとか小説家とか、サブカルっぽいクリエイターがまあまあの長さの文章を投稿しているイメージ。

「わたしの好きなライターさんも、書いてる人多いんだよなあ」

暦美《こよみ》も自分のスマホにｍｅｍｏを表示し、何度か画面をタップしている。

「確かに、ありかも」

「もちろん、大手の動画サイトとかに比べると、閲覧者は少なくなると思うけどね」

あっさりした言い方で、修司《しゅうじ》はデメリットもきちんと説明する。

「拡散とかされやすい媒体じゃないし、バズったりもしにくいと思う。けど、水瀬《みなせ》さんのセンスにも合うし、こういうところから始めるといいんじゃないかな」

「なるほど……」

スマホを手に、じっとｍｅｍｏを見ている暦美《こよみ》。

彼女は一つうなずくと、

「うん、ありがとう。登録とかして考えてみるね」

顔を上げ、修司《しゅうじ》にそう言って笑いかけた。

「試しに、記事一つ書いてみようかな」

「おお、いいねいいね」

「書けたら、みんなに共有するね」

……は～、本当に偉いなあ。

話し合う彼らを見ながら、わたしはもう一回そんなことを思う。

自分がぐずぐずしている間に、暦美《こよみ》はどんどん将来のためのアクションを起こしてる。

わたしもいい加減、志望校とか決め始めないとなあ。

早くこの湿度、なんとかならないかなあ……。

考えながら髪を摘まむと、やっぱり雨のせいでくねくねとうねってしまっている。

それだけでテンションがもう一度ガタンと落ちて、一瞬芽生えかけたやる気もふっと消えてしまった。

＊

――そして、その晩。

「……お、暦美《こよみ》。もう記事書いたんだあ」

暦美《こよみ》からラインが来て、わたしはさっそく貼られたリンクに飛んでみる。

表示されている「ｍｉｎａｓｅ」という著者名と、とある単巻漫画に対するレビュー。

わたしは読んだことのない漫画だったんだけど……ざっと見て、思わず「ほほう」となってしまった。

「暦美《こよみ》、文章うまいなあ」

なんか……良《い》い感じの文章だった。

どこがどうとは言えないんだけど、読みやすい。なんか深いことを言ってるっぽいんだけど、詰まったりすることもなく最後まで読むことができちゃった。

よくあるんだよね。好きな漫画のレビューを見たら、すごく難しいこと言ってて最後まで読めない、みたいなこと。

暦美《こよみ》の文章はそんなこともなく、わたしでもつらつらっと読めちゃった。

これは、文章がうまいってことなんじゃないの？

まあ、その内容が漫画のレビューとして良《い》いものなのか微妙なのかはよくわかんないんだけど。わたし、その漫画読んだことないし。

矢野《やの》とか細野《ほその》とかは知ってそうだし、明日感想聞いてみようかな。

内容も良《い》い感じだったら、暦美《こよみ》マジでプロのライターさんになれたりしてね。

そんなことを考えながら、スマホを充電器に繋《つな》ぎ。わたしはネトフリ見てから寝ることにした。

つまり、そこまで深く考えてなかったんです。そのレビューのことは――。

＊

――けれど、翌日。

「み、みんな！」

暦美《こよみ》が――めちゃくちゃ慌てていた。

慌てていた。

「ちょ、ちょっと……助けてほしいんだけど！」

朝一番の、わたしと細野《ほその》の教室。

昨日の昼ご飯のメンツが集められ、彼女の話を聞いていた。

なになに、どうしたのこんな時間に。また矢野《やの》と痴話げんかでもした？

こっちは『梨泰院《イテウオン》クラス』遅くまで見てたせいで寝不足なんですけど……。

そんなことを考えていると、暦美《こよみ》はスマホを手に取りしばしいじり始める。

例のｍｅｍｏを表示し自分のアカウントに入り、アクセス解析のメニューに移動する。

「き、昨日アップした記事が、なんかすごく見られちゃってて……」

「へえ……」

すごく……ってことは、五百とかそれくらい？

わたしにはわからなかったけど、やっぱりすごい記事だったんだろうか。コアな人にちょっと話題になって……みたいな？

「ほら、これ……」

目的のページに着いたらしく、暦美《こよみ》はスマホをこちらに差し出す。

どれどれ、と画面に目をやると、

——52，066Views
「えっと、これは……一、十、百、千——五万⁉」

叫んでしまった。

「暦美《こよみ》の記事……五万二千回も見られたの⁉」

「そうなの……」

泣きそうな顔で、暦美《こよみ》はわたしを見る。

「初めてなのに……みんな以外には、特に知らせてなかったのに。どうしよう伊津佳《いつか》ちゃん！なんか怖い！」

「うわ、マジか……」

矢野《やの》が身を乗り出し、その分析をもう一度確認する。

「確かに良《い》い記事だなって思ったけど。なんでこんな……」

「それがわかんなくて。朝見たら、急にこうなってたからびっくりして……」

「ちょっと見せてもらえる？」

言って、修司《しゅうじ》が一度暦美《こよみ》のスマホを受け取る。

そして、何回か画面をタップして表示を変え、

「なるほど……昨日の夜九時過ぎに、一気に閲覧が伸びたみたいだ。遷移元は……ああ、Twitterだね、このアドレスか。……ふんふん、なるほど。これだ」

一人でうんうんうなずいて、修司《しゅうじ》はスマホをみんなに向ける。

そこには、わたしもテレビで見たことのある、なんか有名な社会学者？　西園質量《にしぞのしつりょう》って名前の女性コメンテーターのツイートが表示されていて、

『最近私もハマっている漫画に関する鋭い指摘。ていうか、このminaseさんって誰だろ。素人《しろうと》の考察とは思えないんだけど』

そんな風に書かれていた。記事へのリンクつきで。

そのツイートが……なんと数千RT、一万近くいいねされている。

「で、このmemoに関する議論が、一部で起きたみたいだね。主に、作品ファンの間で好意的に取り上げられて……ほら」

さらに、修司《しゅうじ》はTwitterの画面を何度かタッチすると、

「これ、作者の人だよね？　喜びのツイートして、そっちも結構伸びてる」

あー、ほんとだ。

表示されている、漫画家さんのツイート。

『こんなに熱心に読み込んでもらえるなんて。漫画家冥利《みょうり》に尽きます』

こっちも社会学者ほどじゃないけどいっぱいRTされて、コメントも大量に付いている。

「……なるほど」

暦美《こよみ》は額に手を当てて、未《いま》だに呑《の》み込みきれない様子でうなずいている。

「この二人が、記事を広めてくれた感じなのね。なるほど……」

完全に、うわごとでもつぶやいてるみたいな口調だった。

喜んでるっていうよりも、純粋に驚いてる、って感じの表情だ。

まあでも……こりゃビビるわ。

　まさか、ネットに漫画のレビュー書いたら作者さん本人に届くとか。

　しかも暦美《こよみ》、別にこれでどうこうなるとか思ってなかっただろうからなあ。とりあえず、ライターになるため一本書いてみた。練習のために友達にだけ見せる感覚で、って感じだろうしね。

「しかも、minaseっていう書き手にも、みんな関心を持ってるっぽいね……」

　自分のスマホで状況を確認していたらしい。

　トッキーがちょっと心配そうな声を上げた。

「最初の人が、素人《しろうと》とは思えないって書いたのもあるんだろうけど。有名ライターの変名とか、そういう疑惑も出てるみたい……」

「へ、変名じゃないよ！」

　あらぬ疑いに、暦美《こよみ》は血相を変える。

「普通にわたし、ただの高校生だし。ペンネームだって、なんでもいいやって適当につけただけで……」

　と、暦美《こよみ》はふいに口をつぐむと、

「……どうなっちゃうんだろう」

　消え入りそうな声で、つぶやくように言う。

「予想外すぎて、さすがに怖い……」

ふうむ。バズるって、こういう感じになるんだなあ……。

もっと承認欲求満たされて気持ちよくなっちゃうのかなって思ったけど、「うひょー！」みたいにアドレナリン出まくるのかと思ってたけど、むしろ怖いんだね。

確かに、これだけたくさんの人に興味を持たれるのは、うれしいだけじゃすまないか。

ちょっと憧れもあったけど、いいことばっかりでもないんだなあ……。

「……なんか、次の記事を書いた方がいいかもな」

「次の記事？」

ぽろっとこぼした矢野《やの》の言葉に、暦美《こよみ》が首をかしげる。

「うん。この熱狂を収められるような感じのをね」

矢野《やの》は暦美《こよみ》にうなずいてみせ、

「多分このまま放っておいたら、ｍｉｎａｓｅって誰だって話がしばらく続きそうだろ？　なんかそういう、身バレに繋《つな》がりそうなのはちょっと怖いし……」

「……だね」

青い顔で、暦美《こよみ》はコクコクとうなずく。

「早く今の感じは、終わらせたいかも……」

「だろ？　だったらむしろ、次の記事を出す方がいいかなって。一つのバズった記事があるだけだと、なんていうか神格化されちゃいそうだけど、次にちょっと微妙な記事が出てきたら

『なんだ普通だ』ってなりそうな気がする」

「なるほど！」

納得いった様子で、暦美《こよみ》は表情をぱっと明るくする。

「そうだね、それがいいかも！」

確かに、矢野《やの》の言う通りかもしれない。

ここで更新が止まると、なんかミステリアスでかっこいい感じになっちゃう。

バズっても冷静な強キャラ感が出ちゃうというか。

今の盛り上がりを収めるなら、逆に特別感をなくす方向にいくのがいい、ってことだね。

矢野《やの》、やるじゃん！　ナイスアイデアな気がするぞ！

「でも、何書こう。一応、ライター志望としては、わざと雑な記事を書いたりはしたくないし。

どういうのを書けば、この盛り上がりが落ち着くかな……」

その質問に、集まった面々からぽつぽつアイデアが出る。

「古い名作のレビューとか？」

「逆に、新しすぎて一話しか出てない連載作品とか……」

「ここでエッセイ挟むのもありか？」

「むしろ、日記書いちゃうとかね……」

そして、わたしも一つ思い付いて、

「あー、じゃあさ！」

と、挙手してから、

「こういうアイデアはどうかな⁉」

思い付いた案を——暦美《こよみ》に説明し始めたのでした。

＊

「——あははははは！　暦美《こよみ》、やってくれたねえ！」

そして——その晩。

暦美《こよみ》が送ってきたレビューの記事に、わたしは爆笑していた。

「確かに、そういうのにしようって言ったけど……ふふふ……」

もう一度、スマホでその記事を確認する。

そのたびに、お腹《なか》の底から笑いが漏れてしまって——、

「まさか……小学校のときの卒業文集の、友達の作文って！」

——そう、漫画でも小説でも映画でもない。

商業作品でもなければ、同人作品ですらない。

同じクラスだった女の子の作文のレビューを、あの子は上げていたのだ。

「――超マニアックな作品のレビューにしなよ」

わたしが暦美《こよみ》に提案したのは、そんなアイデアだった。

「――隠れた名作とかじゃなくて、マジで暦美《こよみ》しか知らないようなお話をレビューするの！　そうすれば、みんな『どうリアクションすればいいんだ……』ってなるでしょ？」

そう。それなら皆、マジで反応しようがないと思う。

知らない作品の感想を見せられても「そっか……」以外言いようがないし、その記事が良い《い》ものかどうかもよくわからない。

ただ、暦美《こよみ》にとっては知ってる作品のレビューになるわけで、彼女の目から見れば気合いを入れた一本の記事ってことになるわけだ。

うん、我ながら名案ですな！　伊津佳《いつか》ちゃんさすがじゃない？

というわけで、暦美《こよみ》もみんなもそれに納得。

さっそくそういうレビューを書くことになったんだけど……出来上がったのが、これである。

「もうマジでウケるんだけど。そこまでやるとは思わなかったよ！」

もちろん、暦美《こよみ》としてはふざけて書いたわけじゃないんだろう。

読んでみればわかるんだ。暦美《こよみ》がその作文に本気で感動したこと。今でも気に入っていて、ときどき引っ張り出して読み返していること。

レビューの文章も愛に溢《あふ》れていて、書き手と無関係のわたしもちょっと気になってしまう。どんな作文なのか、普通に読みたくなっちゃう。

けど……、

「いやもう、こんなの皆大困惑でしょ。こんなレビュー見せられても……」

想像するだけで、笑いがこみ上げた。

皆どう思うんだろうね、注目していた新人ライターが、いきなり卒業文集のレビューとか始めたら。まあわかんないけど、少なくとも今の変な盛り上がりは、『ｍｉｎａｓｅって何者だ⁉』みたいな空気は、落ち着いてくれるはず。

だからわたしはお気楽ムードで、

『今度、その卒業文集見せて！』

なんてメッセージを暦《こよ》美に送る。

『ここまで言われてる作文、読んでみたい！』

『わかった、今度学校に持ってくね』

そんなやりとりをして、その晩はぐっすり眠ったのでした——。

＊

そして――翌日。登校したばかりの朝の教室で。

「――またバズった!?」

青い顔の暦美《こよみ》に、わたしはそう叫んでしまう。

「昨日の記事が、最初のくらいバズった!?」

「そう、なの……」

かすれた声の暦美《こよみ》が、そう言ってスマホの画面をこちらに向ける。

「ひと晩で、四万八千ページビュー。最初の記事もページビューが伸びて、そっちは七万越え
くらいになって……」

「ええ……」

――周りの面々も。矢野《やの》も細野《ほその》もトッキーも修司《しゅうじ》も、みんな戸惑いの表情だ。

いやまあそりゃそうだよね。

卒業文集のレビューがバズるはずないじゃん。常識的に考えて……。

「……なんで？」

素の困惑声で、わたしは尋ねる。

「どうしてあの記事で、バズれるの？」

反応のしようがなくない？　あんなの面白がれるの、暦美《こよみ》の友達くらいじゃない……？

「いや……あの尖《とが》り方を、面白がった人が結構いたみたいで」

すでに経緯は分析済みなんだろう。修司《しゅうじ》がそんな風に解説してくれる。

「サブカル好きの人の間では、むしろ好評だったらしい。『どんな作文だったのか気になる』『あえてこれを選ぶセンスが良《い》い』みたいな」

「ウソでしょ……」

「それでまた、有名な人も何人か反応して、ページビューが伸びたみたいでさ。いや、これは俺も予想外だった……」

「……でも、正直わたしはちょっとわかるかも」

そんな風に言い出したのは、意外にもトッキーだった。

「最初に記事を送ってもらったとき、普通に面白いなと思ったし。似た切り口だと、架空の作品レビューって結構あるのね、スタニスワフ・レムの『完全な真空』とか、ボルヘスの『ハーバート・クエインの作品の検討』とか。それに近い面白さがある気がして……」

マジか！　そういう本があるんだ！

確かに暦美《こよみ》の今回のレビュー、架空の文章の書評、って感じはあったかも。

誰も知らない文章を、めちゃくちゃ細かく評論してる、って辺りが。

わたしにはわかんなかったけど、そういうのを好きな人もいるんだなあ……。

「そう、なの……」

言って、暦美《こよみ》はがくりと肩を落とす。

「じゃあ、わたし……これからどうすれば……」

――いやほんとに。

マジで暦美《こよみ》、ここからどうすればいいんだろう。

どうすれば、この変な確変状態みたいなのが落ち着くんだろう。

自分のスマホでこっそり見ると、すでにネット上にはｍｉｎａｓｅファンみたいな人も現れつつあるようだ。

新進気鋭の覆面ライターｍｉｎａｓｅみたいな扱いで、その正体についても引き続き有名ライター説、小説家が片手間でやってる説、出版社の社員説から……若い女子学生説さえ、すでに出てきているようだった。

もうマジで正解に近づいて来てるじゃん！　なんでわかったの⁉

いやほんと、早めになんとかしないと！

「……こうなったら！」

――と。完全にテンパった様子の暦美《こよみ》が声を上げる。

漫画だったらグルグル目になっていそうな混乱状態。

「とにかく――思い付いた文章色々書いてみる！　で、全部上げる！　そうすればきっと、さすがにわたしの底が露呈して、バズも収まるはず！」

「……そっかあ」

なんだかはっきりしない口調で、わたしはうなずいた。

「まあ、それでいいんじゃないかなあ……」

他の皆も、

「うん、それで行くか……」

「他に打てる手もないしね……」

なんてぼんやりした返答だ。

多分……みんな同じことを思っているだろう。

今のｍｉｎａｓｅの持ち上げられ方だと……それでもダメなんじゃない？

これまでの二記事、両方がバズった状態だと、それさえもなんか変な受け取られかたされるんじゃないの？

とはいえ、他のアイデアは思い付かなくて。

今の暦美《こよみ》にこれ以上考えさせるのもかわいそうな気がして、

「あのー、無理はしないでね」

わたしには、そう言ってあげることしかできないのでした。

「なんかあったら相談には乗るからさ。ヤバくなったら、大人にも相談するんだよ……」

「うん、わかった……」

言うと、暦美《こよみ》は力なくうなずいたのでした。

＊

案の定——暦美《こよみ》が上げた記事は、その後も好評を博し続けました。

なんてことのない一日を綴《つづ》った日記も、これまでの人生について書いた思い出語りも、初めて書いたっていう短編小説も。さらには……いきなり深夜に投稿されたポエムさえも、まあまあの好評を得ちゃっていた。

……いやマジか。

一発のバズりで、こんなに世界が変わるんか……。

最後のポエムとか、わたしが読んでも気恥ずかしくなったんだけど。なんかこう、夢見がちな文章がずらっと並んでて、共感性羞恥が起きちゃうというか……。

もちろん、最初ほどの突発的な盛り上がり感はないっぽい。

謎の新人登場！　みたいな感じではなくなったと思う。

ただ、その分世間的に「ｍｉｎａｓｅ？　ああ、すごい人だよね」的な評価が固まっちゃったように見えて。

「……こんなことになるなんてなあ」

夜中。自室の机の前で。

まったく身が入らない受験勉強の傍《かたわ》ら、わたしは暦美《こよみ》の評判を調べながらつぶやいたのでした。

「あの子もう、有名人じゃん……」

――こんな風に、暦美《こよみ》の状況チェックをするのがわたしの日課になっていた。

相変わらず、勉強にはまったく身が入らなくて。将来のプランも全然見えていないままで。

勉強をするフリをしてネットをチェックするのが。

「……これじゃまずいんだけどねえ」

ため息をつき、机に身を投げ出す。

「本当に、そろそろ真剣に考えなきゃなんだけど……」

それでも……続いている雨のせいか、湿気でうねっている前髪のせいか。

どうにもやる気は出てくれなくて、わたしはスマホをいじり続けていたのでした――。

＊

異変は——数日後に起きました。

「——ふ、ふふふ……」

暦美《こよみ》がそんな声を漏らしたのは——帰り道。

ちょっとお茶でもしていこうと、寄った喫茶店でのことでした。

その場にいるのはわたし、暦美《こよみ》、矢野《やの》と修司《しゅうじ》。

細野《ほその》とトッキーは、なにやら予備校の体験授業を受けに行くとかで今日は不参加です。

それぞれに注文を終え、運ばれてきたコーヒーやお茶を飲み始めたところで。暦美《こよみ》がふいにスマホを眺めながら笑い出したのでした。

「……どうした？」

カップをテーブルに置き、わたしは尋ねる。

「もしかして。なんか笑える動画でも見ちゃった感じ？」

わたしにも経験がある。

電車とか乗ってるときに、うっかり面白い動画見ちゃって。一人で笑いを必死にこらえて「くッ……ふふ」みたいな声が漏れちゃうこと。

ただ……今のわたしは、彼女の笑い方に不穏な予感を覚えていた。

——暦美《こよみ》、今日はなんだか変なのだ。

今日の暦美《こよみ》は、朝一番から一目でわかるほどに様子がおかしいのだ。

なんか今の笑いも「おかしな行動」の一部である予感……。

そして案の定、

「ああ……ごめん、声出ちゃってた？」

暦美《こよみ》は口元に手を当て、薄い笑みでこっちを見る。

「実はね……サブカル系の雑誌から、コーナーの執筆依頼が来て」

言いながら――暦美《こよみ》はかけていたサングラスを小さくずらし、

「『また来たなあ』って笑っちゃったの……」

――業界人っぽかった。

なぜか今日の暦美《こよみ》は謎の業界人っぽい格好で、態度も妙にセレブぶった感じなのだった。

まず、顔には大きなサングラス。

薄暗い店内にいるのに、サングラスをかけていた。

さらに、肩には映画監督よろしくカーディガンをかけ、口紅はぎょっとするほどの赤。

耳には大きなイヤリングが揺れている。

今日朝登校してきたときから、この子はこんな感じだったらしい。

授業中こそサングラスは外していたものの、謎にずっとセレブモード。

ただ……状況的に突っ込んでいいのか、ネタにしていいのかわからず。みんなリアクションに困ったまま放課後になり……。とりあえずもう少し様子を窺おう、ということで、わたしした

ちは彼女を喫茶店に誘ったのでした。

「へぇ、雑誌……」

コーヒーに口をつけていた矢野《やの》が、探るような口調で小さく返す。

「す、すごいな……。しかも『また』ってことは、これまでも来たことがあったの？」

「うん、実はね」

うなずくと、暦美《こよみ》はスマホを置き薄い笑みを浮かべ、やれやれみたいな顔で息を長く吐く。

「これで三社目くらいかなあ。もー！　困っちゃうよね！　わたしただの高校生なのに！」

「へぇ、三社も」「それはすごいな……」

「ページビューも、最近また伸びちゃってさあ」

参った参った、と眉を寄せ、暦美《こよみ》は続ける。

「そろそろ、全体で百万いっちゃうかな？　あはは、始めたばっかりなのに百万って、そんな早くいっちゃうものなんだねー」

「……もう、怖くないの？」

それまで黙っていた修《しゅう》司が、慎重な声で暦美《こよみ》に尋ねる。

「ついこの間まで、これ以上見られたくないって感じだったけど……もう大丈夫なの？」

「ん？　ああ、大丈夫大丈夫」

言って、暦美《こよみ》はひらひらと手を振ってみせる。

「わたし、わかっちゃったから」

「わかったって、何が？」

「んー……」

暦美《こよみ》はなんだかわざとらしく考えるように顔を上げ。

たっぷりと間を取ってから、サングラスをぱっと外し――、

「……自分の才能？」


「さ、才能……？」

思わず、オウム返ししてしまった。

矢野《やの》も修司《しゅうじ》もぽかんとしている。

それに気付いているのかいないのか、暦美《こよみ》はもう一度サングラスをかけ、

「うん、なんていうかな……わたし、ちょっと才能あっちゃった感じなんだろうなって。しょうがないよねーそれなら！　もうこうなると、放っておいてもらえないでしょ。だったら、受け入れてやってくしかないよ」

そして――彼女はもう一度笑みを浮かべると。

「わたし自身の……才能をね」

……ふんふん。なるほどね。

これは多分、あれですね。

なんで暦美《こよみ》がこうなったかっていうと、これはもう間違いなく――、

調子に乗ってる!!

暦美《こよみ》――バキバキに調子に乗っちゃってる!

そうだ、それしか考えられない!

マジか。あの暦美《こよみ》が……?

全然、そんな風になる子だとは思ってなかったんだけど。

むしろ過剰に謙虚で、もうちょっと自信持ってほしいと思ってたんだけど。

でも……これはもう間違いないでしょう。

予想外の成功で最初は混乱してたけど、ついに調子に乗り始めちゃったっていうパターンでしょ、これ!


「おっと、電話みたい」

テーブルの上のスマホが震える。

ディスプレイを確認した暦美《こよみ》が、「ちょっとごめんね」と席を立ちスマホを手に取る。

そして「原稿のお話かな。しもしもー？」なんてつぶやきながら店の外に通話をしにいった。

それを、三人で見送ってから、

「……ねえちょっと！」

わたしは身を乗り出し、息を潜めて矢野《やの》と修司《しゅうじ》に言う。

「暦美《こよみ》、完全に調子乗っちゃってるじゃん！　ギャグみたいな勢いでイキってるじゃん！」

「ちょっと、僕も信じられないんだけど」

未《いま》だに事実を受け切れきれない様子で、矢野《やの》は額に手を当てている。

「でもそうだよな。そうとしか、思えないよな……」

「うーん……」

わたしと矢野《やの》がテンパる中、修司《しゅうじ》は腕を組み何かを考えている顔だ。

そして、店の外で通話する暦美《こよみ》にちらっと目をやってから、

「にしても、極端な気がするんだよなあ」

推理中の探偵みたいな顔で言う。

「あんなに怖がってたのに、こんなに唐突に自信満々になるなんて。しかも、外見までめちゃくちゃ変わったし。普通そういうのって、ちょっとずつ変化するものな気がするけど」

「確かに……」

言われてみれば、その通りかも。

わたしだって、何か予想外に成功すれば調子に乗っちゃうかもしれない。自分に才能あったんだなって思い込んで、暦美《こよみ》みたいになっちゃうかも。けど、ここまで急にイキリ散らしたりはしない気がする。そこはさすがに。

「……もしかして！」

と、矢野《やの》がふいに声を上げる。

「ストレスのせい、かも！」

「ストレス？」

「そう」

尋ねるわたしに、矢野《やの》はうなずく。

「ほら、前に暦美《こよみ》が二重人格だったのも、ストレスが原因だったんだよ。あの子に強い負荷がかかって、自分を守るために秋玻《あきは》、春珂《はるか》っていう人格に分かれた」

うんうん。その辺は、わたしたちも説明を受けたのでよく覚えています。

「今回も、暦美《こよみ》にはすごいストレスがかかってたわけだろ？　もちろん、二重人格になった頃ほどじゃないだろうけど、予想外にｍｅｍｏの記事が読まれるの、本気で怖がってたし……」

だね。確かに、何やってもページビューが伸びちゃう状況は怖かっただろうなと思う。しかも、自分の素性を知ろうとする動きまであったわけだし。

「だから」

　と矢野《やの》はわたしたちの方を見て、

「今回も同じなのかもしれない。そのストレスから身を守るために、こうして『調子に乗ってる自分』になってるのかも……」

「え、それって……」

　わたしは、一層声を低くして、

「秋玻《あきは》、春珂《はるか》とは別に、また新しい人格ができちゃったってこと？」

「そこまでではない気はするけど」

　もう一度、矢野《やの》は暦美《こよみ》の方をちらりと見る。

「あのときみたいに、記憶が共有されないとか入れ替わるとかそういうことはないし」

「ああ、それはそうか」

「けど確かに近いのかもな、別人かってくらい性格変わっちゃったわけだから」

「なるほどね……」

　だとしたら、納得です。

　そっか、暦美《こよみ》。ストレスの反応でこうなっちゃったのかあ……。

「……ってことは」

　少し考えて——わたしは小さく息をつき、

「しばらく乗ってあげようか……」

電話中の暦美《こよみ》に目をやる。

「ストレスであなっちゃってるなら、暦美《こよみ》のイキリにちょっと付き合ってあげよう……」

正直、どうリアクションしたらいいかわからなかったけど。

というか今も反応に困ってるけど……これからは、乗ってあげようかな。

なんかちょっと、塩対応するのもかわいそうだし。本人が悪いわけじゃないしね……。

「だね……」

修司《しゅうじ》もうなずいて、苦笑している。

「事情が事情だから、しかたないか。今回ばっかりはね……」

「ごめんみんな、マジ助かる」

矢野《やの》はそう言って、わたしたちに手を合わせてみせた。

「多分、そのうち落ち着くと思うから、しばし協力いただけるとありがたい」

「おう、任せとけ」

「お安い御用だよ」

「──ごめんねー席外しちゃって」

そんな風に言い合っていたところで、暦美《こよみ》が戻ってくる。

「なになに、みんな何を話してたの？」

興味深そうにわたしたちに尋ねてくる暦美《こよみ》。

その問いに、わたしはガガッと頭を回すとごく何気ない態度で、

「いやあ……実は今さ、暦美《こよみ》の記事の中でどれが好きかって話してて」

「そ、そうなんだよ！」

ややぎこちない態度で、矢野《やの》もそれに続いた。

「みんな意見バラバラで、盛り上がっちゃってさ……」

「ああ、そうだったの」

まんざらでもない様子で、暦美《こよみ》は笑う。

「うれしいね、そう言ってもらえると。……でも」

と、暦美《こよみ》はさらに、笑みに不敵さを混ぜて、

「きっと……わたしの最高傑作は、次にアップされる記事になると思うんだ」

「次の？　今準備してるの？」

「うん」

修司《しゅうじ》の問いに、暦美《こよみ》はうなずく。

「人気映画のレビューなんだけどね、超大作記事になりそうだから。内容も、これまでで一番高品質にできそうで、今からわくわくしてるの。これを世に出したらどうなっちゃうんだろう。どれだけ大きな反響を巻き起こしちゃうんだろうって……」

うっとりするような顔で、そう言う暦美《こよみ》。

はあ……よっぽど自信があるんだね、次の記事に。

まあ、今の暦美《こよみ》がそういうなら実際すごい内容になるんだろう。

ネット上の暦美《こよみ》人気が一層拡大するかも……。

そうなれば、調子乗り度合いがよりアップしそうだけど……まあ、ストレスを溜《た》め込んじゃうよりはいいか。それにも付き合ってあげることにしよう……。

「……そうだ！」

と、暦美《こよみ》はふいに気付いた顔になり——、

「今のうちに、みんなにサインしてあげようか？」

なんて言い出す。

「ほら、次の記事きっかけで忙しくなって、学校とかこれなくなっちゃうかもしれないからね！　気楽にお茶できるのも、今回が最後のチャンスかもしれないし！」

「あ、ああ……」

わたしは若干引き気味にうなずくと、

「じゃあ、お願いしようかな……」

「だな……」

「お、俺もお願い……」

なんて言い合いながら、各自それぞれノートやペンを取り出す。

そしてその喫茶店で、新進気鋭のライター、ｍｉｎａｓｅ先生の即席サイン会が始まったのでした――。

＊

そんなこんなで、わたしたちは暦美《こよみ》のイキリに付き合い続けた。

サングラスを褒め記事を褒め、ノートやら筆記用具にサインを入れてもらったりもした。

ご本人もすこぶる絶好調で、

「いやーそろそろ例の記事、できちゃうんだよね」

「明日公開しちゃおうかなー」

「ふふふ、どうなっちゃうんだろうね……」

なんて言い続けていて、ずっとあれな感じだった。

そして……そろそろ本気でしんどくなり始めた頃。

まさか暦美《こよみ》……一生こんな感じなんじゃ⁉　と不安になり始めた頃に、

「……こんにちは、みんな……」

いつも通りの昼休み。

一緒にお弁当と食べようと、矢野《やの》と一緒に現れた暦美《こよみ》は――、

「相変わらず、雨ばっかりだね……」

——昨日までのイキリ具合がウソだったかのように。ローテンションになっていた。

「……どうした⁉」

反射的に、大声で尋ねてしまう。

「昨日までの調子はどこ行ったの……⁉」

わたしだけじゃない。修司《しゅうじ》も細野《ほその》もトッキーも、暦美《こよみ》のダウナームードに驚いている様子。

いやだって、昨日まで思いっきり調子乗りモードだったのに！

今日はサングラスもイヤリングもしてないし、一体何が……。

「いやあ、それがさ……」

うなだれている暦美《こよみ》をかばうようにして、矢野《やの》が苦笑気味に説明を始める。

「昨日アップした例の記事が……ちょっと、予想外な感じで」

「予想外……？」

言われて、スマホを手に取り暦美《こよみ》のｍｅｍｏを見てみる。

散々話は聞いていたしアップしたって連絡ももらってたけど、気が乗らなくて見てなかったんだよね……。

そして——表示された件《くだん》の記事。

まずはそれをざざっと眺めようとして、

「……いや長！」

まずはそう叫んだ。

「何これ……スクロールしてもしても終わらないじゃん！」

長いのだ。マジで、半端《はんぱ》なく長いのだ。

いや、今までの記事も長かったけど次元が違う！

指を滑らせても滑らせても永遠に文字列が下から出てくるんだけど!?

そして……、

「あ、ああ……終わった」

無限に思われるスクロールの果て、記事の終わりにたどり着いた。

「すご、何文字あったのこれ……」

確かに、ここまでいっぱい書いたってことは暦美《こよみ》にとって力作だったんだろうな……。

でも、予想外ってどういうこと？　なんで暦美《こよみ》、元気なくしてんの……？

「……ああ。コメント」

と、同じくスマホを眺めていた細野《ほその》が声を上げる。

「そっか、こういう感じなのか……」

なになに、コメント？　と、記事の末尾のコメント欄を確認する。

今回も、たくさんのコメントが記事には寄せられているようだ。

ただ、

「……あれ？」

なんだか、普段と様子が違った。

別にこう……炎上してたりするわけじゃない。

けんかが発生したり、物議を醸《かも》しまくってるわけじゃない。

けれど——、

【ううん、これは自分にはなかった解釈だな。。。】

【なんかちょっと、ｍｉｎａｓｅさんらしくないレビューな気が】

【なぜか今回の記事は、最後まで読めませんでした。なんでだろ…】

——戸惑っていた。

おそらく、これまでｍｉｎａｓｅファンだったであろう人たちが、明らかに戸惑った様子でコメントを書き込んでいた。

お……？　これまでにないリアクションだぞ……。

どうした？　ちょっとファンたち困ってない……？

さらに——、

【まあでも、minaseさんもまだレビューを始めたばかりなわけですし。。。。】

【こういう記事書いちゃうこともあるよな】

【みんなハードル上げすぎだったんじゃない？ ちょっとかわいそうだったよ】

【温かい目で見ることも大事ですね】


——フォローされていた。

読者たちに、あからさまにフォローをされてしまっていた。

「……なるほど、なるほど……」

その様子に——わたしは理解する。

……微妙だったのか！

この感じ……今回のレビュー、ファンでも戸惑うほどに微妙だったのか！

わーマジか！ このタイミングであれなの書いちゃったか！

暦美《こよみ》、あんなに自信満々だったのに！ よりにもよってその記事で！

「コメント欄見て、なんか……目が覚めたってさ」

矢野《やの》が暦美《こよみ》の背中に手をやり、優しい声で言う。

「盛り上がったのは、ネットがそういう流れになってたからで。実際の自分は、そこまでではないって実感したんだって」

「……色々と、すいませんでした」

深々と頭を下げ、彼女は言う。

「混乱していたとは言え、あんなに調子に乗って……ううう……」

……なるほどね。確かにこれは実感するかも。

叩《たた》かれたのなら「嫉妬かな」って思ったかもしれない。

真っ向から反論されたら、議論もできたかもしれない。

でも……戸惑いとフォロー。これはわかっちゃう。今回の記事がダメだったんだって、何より如実《にょじつ》にわかっちゃう……。

そして——暦美《こよみ》は顔を真っ赤にすると。

今にも泣き出しそうな顔で、机に突っ伏し——、

「——うううううう〜!!　恥ずかしすぎるうううううう!」


大声で、そんな泣き声を上げ始めた。

「わたし、ちょっと評価されたくらいであんなに……調子に乗って……」

そして、暦美《こよみ》は両手で頭を抱え、

「消したい！　ここしばらくの記憶を消したい！」

梅雨の教室に響く声で、そんな風に叫んだのでした。

＊

その日を境に暦美《こよみ》のライター修業は落ち着き。
着実に、実力とファンを集めていく段階に入りました。
そして――、
「これで一件落着だねー」
――夜の自宅。わたしの部屋。
暦美《こよみ》ウォッチが落ち着いたのを確認して、わたしはスマホを置く。
ここしばらくは、本当に毎晩観察し続けていた。
どうなるのか心配だったし、ちょっとそれが楽しくもあった。
けど、それもおしまい。そろそろやるべきことをやらないと……。
「……うん、よし」
梅雨ももう終わる。
湿気はしばらく続くだろうけど、雨は止《や》んで夏が来る。

そんなことを考えながら、本棚から参考書とノートを取り出した。

そして、ペンを握ると大きく息を吸い込み、

「受験……本腰入れるか！」

わたしはようやく、本気の受験勉強を始めたのでした――。

第三話
Chapter3

「霧香、プールで目に焼き付ける」

Bizarre Love Triangle

三角の距離は限りないゼロ

──眩《まばゆ》い太陽！

──アスファルトの蜃気楼《しんきろう》！

──セミの鳴き声、したたる汗！

季節はまさに──夏真っ盛り！

うだるような暑さの中。

薄着のわたしたちは、駅を出て目的地に向けて歩いているところで、

「楽しみだなー」

「わたし、学校以外のプール行くの初めてかも」

「今日のために水着買っちゃった……」

話す声も、自然と普段より弾んじゃうのでした。

……というわけでこんにちは！

わたし庄司《しょうじ》霧香《きりか》！　御殿山《ごてんやま》高校二年生！

今日は仲良しメンバーで集まって、遊びに行く予定なの！

メンツは矢野《やの》先輩、暦美《こよみ》先輩、伊津佳《いつか》先輩、修司《しゅうじ》先輩、細野《ほその》先輩、時子《ときこ》先輩とわたしの七人。

行き先は……都内でも有数の遊園地にある、屋外プールです！

今日は思いっきり泳ぐぞー☆

ちなみにこのメンバー。宮前《みやまえ》高校の先輩たちと会うのは久しぶりのことでした。暦美《こよみ》先輩の歓迎会をやったとき以来かな？　ワオ！　もう四ヶ月くらい経《た》つじゃん！

まあ……わたしだけ御殿山《ごてんやま》高校だからね。そう簡単には会えないんですよ〜。

だからこそ、今日は本当に楽しみにしてたんだ！

「そう言えば皆さん、受験勉強どんな感じです〜？」

ふと思い付いて、わたしは皆に尋ねる。

「わたしも来年はやらなきゃいけないし、やっぱり大変ですかー？」

今日、皆をお出かけに誘ったのはわたしだ。

ラインで受験の話題になったのをきっかけに、勉強の息抜きに遊びましょう！　なんて口実でプール行きを企画したのだ。その辺の話を聞いてみたかったし、他にもいくつか目的があって、久々に会いたくなっちゃったんだよね〜。

「いやもう大変だよ〜」

がくりと肩を落として、伊津佳《いつか》先輩が言う。

「こないだの模試の判定もヤバかったし、夏期講習の宿題も多すぎだし。こんな生活が年明けまで続くって、地獄だよー……」

「やっぱそうですよねー。人生の頑張り所ですもんねー」

ちなみに、矢野《やの》先輩、暦美《こよみ》先輩は都内の私立大学を。

時子《ときこ》先輩は地方の、修司《しゅうじ》先輩は都内の国立大を。

伊津佳《いつか》先輩は女子大を目指していて、細野《ほその》先輩はまだ迷い中らしい。

やっぱみんな、それぞれ別の進路を目指してるんだなー。矢野《やの》先輩暦美《こよみ》先輩は同じ大学を受けるらしいけど、時子《ときこ》先輩と細野《ほその》先輩は多分遠距離になっちゃう。

まあでも自分の将来が決まる大事な選択だし、そういうこともあるよねー。

「わたしは、割と楽しいけどね……」

伊津佳《いつか》先輩に苦笑しながら、暦美《こよみ》先輩は言う。

「ほら、これまではずっと、二人分勉強してたから……一日の時間が、体感で半分ずつしかなかったから。じっくりやれて、結構楽しいよ」

「あーなるほどー！」

確かに！　とわたしはうなずく。

「秋玻《あきは》先輩と春珂《はるか》先輩だったときは、入れ替わりながら勉強しなきゃいけなかったんですね！

確かにそうなると、今の方が楽だろうなあ」

——暦美《こよみ》先輩。二重人格が終わり、現れた彼女。

人格統合前の一時期は、秋玻《あきは》先輩と春珂《はるか》先輩どっちが残るんだ⁉　なんて感じにもなったらしい。けど、最終的に二人は消えることなく、両方の要素が混在した『暦美《こよみ》先輩』になった。

秋玻《あきは》先輩も春珂《はるか》先輩も、きちんと彼女の中にいる。

……うん、わたしの中ですごく納得感がありました！

やーずっと変だと思ってたんだよな。矢野《やの》先輩と、あの二人の関係。

どっちかを選ぶってのがどうにもしっくりこなかったし、矢野《やの》先輩が「どっちを好きなんだろう」って悩んでるのも、なんか違和感があった。

けど……暦美《こよみ》先輩と初めて会って、わたしの中で「バチーン！」とハマるものがあった。

うん、この人だわ。これがこの人の本来な姿で、矢野《やの》先輩の恋のお相手だわ。秋玻《あきは》先輩、春珂《はるか》先輩に分かれている方が、ちょっと不自然だったわけだね。

そんな経緯があったからか。なーんかわたしはこの人に好印象を抱いてる。有り体に言えば好きなのだった。かわいいしね。美少女は好き。

「俺も憂鬱だよ……まだ進路、決まってないし」

「でもとりあえず、勉強は始めた方がいいと思うよ……」

「だな。細野《ほその》、地頭は悪くないし」

「霧香《きりか》ちゃんは、細野《ほその》みたいにはならないようにねー」

そんな会話があって、一同がどっと笑う。

わたしも釣られて笑ってしまいながら——それでも思う。

うん、楽しい。ちゃんと楽しい。今日一日は、こういう風にしっかり楽しめればと思う。

だって今日——と、皆の背中を眺めながらわたしは思う。

──わたしは、さよならをしに来た。

やり残したことを全部終わらせて。始まった物語をちゃんと終わらせて──。

この人たちと──お別れをするために来たんだ。

＊

「──わー、やっぱり人がたくさん！」

「人気スポットですからね～！」

そしてやってきた、巨大プール施設。男女に分かれて水着に着替えたあと。

プールサイドで合流したわたしたちは──目の前の光景にそんな声を上げていた。

流れるプールにウォータースライダー！

噴水のアーチにアスレチック！

温泉っぽいゾーンもあれば、子供向けの遊具があるゾーンもあって……もうこれ、一日で遊びきれないいんじゃない⁉　フルで楽しもうと思ったら、泊まりがけじゃないと厳しいんじゃない⁉

そして、そんな広大な敷地《しきち》を行き来する、若者や親子連れ……。

……レジャー！

まさにレジャー！　という景色が目の前に広がっている！

「じゃあまずは、あっちから行ってみようか！」

めずらしくテンションが上がりきっているのか。

暦美《こよみ》先輩が、浮かれた声で流れるプールの方を指差す。

「あそこが一番大きいみたいだし、面白そう！」

「うん、そうだな」

「よーし、泳ぐぞーー！」

言いながら、暦美《こよみ》先輩に続いて歩き出す皆さん。

すでにテンションマックスってくらい浮かれていて、誘ってよかったなーと改めて思う。

――ただ。

ただ――である。

内心わたしは……まったく別のことを考えている。

この両の目を頭と意識をフル回転して――あるものを観察している。

――水着姿。

そう……この六人の水着姿！

それを、全力で記憶に焼き付けているのである！

こんなチャンスなかなかないですからね！　お友達の水着姿（ｎｏｔスクール水着）をまとめて見られる機会なんて！

しかも、女子はかわいこちゃんだらけ！　男子も……まあ悪くないメンツばかり！

だったらもう、堪能《たんのう》するしかないでしょう！

じっくりと観察させていただくしかありません！

ということで、ここから目の前の男三人女三人、それぞれの様子を事細かにチェックさせていただきます。

忖度《そんたく》なし！　霧香《きりか》ちゃんの、水着姿本気チェックだ！

なお……ここから始まるのは完全にわたしの趣味の領域。

今日みんなにしようと思っているさよならとは、まったく関係のない事柄です。

そういうのを意識の赴くまま延々と観察していく予定であります。

なので、なんていうかその……わたしの意識に忍び込んでいる感じの人がいたら、そしてあんまり水着姿に興味ない人がいたら、聞き流していただいちゃって結構！

興味のある方だけ、このままわたしにシンクロしていただければ幸いです！

＊

さて、まずは暦美《こよみ》先輩！

黒髪ショート、整った顔立ちの正統派美人さん！

その水着姿で最初に目に行くのは——清楚《せいそ》な顔と、健康的な身体《からだ》のギャップだね！

顔だけ見ると、マジでインテリ系の美少女って感じなんだ。

はっきりした目鼻立ちに、思慮深そうな目。薄い唇は上品だし、すっと通った鼻筋も意思の強さを感じさせられる。

ただ——その身体《からだ》の！　真っ白に透き通る肌！

きめ細かくてシミなんて見当たらなくて……うん！　できたての石鹼《せっけん》みたい！

その質感は赤ちゃんの肌みたいにマットで、「ああ、普段のお手入れをちゃんとしてるんだろうなー」と尊敬しちゃう！

スタイルも、細身なイメージだったけれど意外と印象はやらかい。

ふわっとした二の腕とお腹《なか》、縦長のおへそ。

足もすらっとしながら健康的な肉付きで、思わずかぶりつきたくなっちゃうぜ！

そして——そんな身体《からだ》に乗っかってるのが、思慮深そうな美少女フェイスである。

反則だろそんなん！

矢野《やの》先輩じゃなくても好きになるわ！

さらに、着ているのはフリルトップのビキニ。最近流行のやつだね！

多分暦美《こよみ》先輩、胸は結構ある方なんだけど、軽やかに揺れるフリルのおかげでやらしくならずに済んでいる。ビキニのかわいさを活《い》かしつつも、身体《からだ》のラインや露出は適度に抑えられていて……うん、正解！

暦美《こよみ》先輩、という存在の魅力を、上品かつストレートに活《い》かした、最高の水着姿だと思います！

続いて——矢野《やの》先輩！

……ひょろガリである。

予想通り「小生、本だけ読んで生きてきました……」って感じのもやしボーイである。

暦美《こよみ》先輩に負けないくらい肌は白いし、手首も足もほっそりしていてお腹《なか》には時折あばらが浮かび上がる。

なんつーか……病弱な文豪？

何かしら病にかかった小説家的な感じ？

履いている地味な紺色のトランクスも、文豪の着ている浴衣《ゆかた》の色っぽく見えてくる。

……でもちょっと待って！

わたし、ディスりたいわけじゃないの！　これはこれで魅力があるんだ！

――コントラストである。

この真夏のプールに……似つかわしくない存在感の面白みである。

想像してみてほしい。万年部屋にこもりっきりの病弱小説家が、夏の日差しの下に出てきたところを。その眩《まばゆ》い日差しに、ほっそりとした顔を照らされているところを――。

……よくない？　なんかすごくよくない？

額に汗しながら、団扇《うちわ》とかぱたぱたやっててほしい。

汗を拭うときはタオルじゃなくて手ぬぐいにしてほしい。

なんというかそういう、ちょっと奥深いところにある味わいを感じるぜ、矢野《やの》先輩！

そして――伊津佳《いつか》先輩。

――元気!!

もう、この人の魅力はその一言に尽きます！

夏！　快晴！　元気！　バンザイ！　みたいな！

両サイドで括《くく》った髪と、明るい表情。

身長が小さいのと細っこい腕と足もあって、どこかボーイッシュな雰囲気も感じさせられますね！

ちなみに着ているのは、ハイネックのトップスにパンツタイプのボトムスを合わせた、スポーティめな水着だ。

それがまた、伊津佳《いつか》先輩の溌剌《はつらつ》とした印象によく似合ってます！

この伊津佳《いつか》先輩の格好を見て、マイナスの印象を抱く人はいないんじゃないかな？

性格の良さがそのままルックスにも繋《つな》がった、好スタイリングと言えるでしょう！

一緒に元気に泳ぎたくなるね！

次！ 修司《しゅうじ》先輩！

——ん～モテそう!! めちゃくちゃモテそう！

いかん、思わず心の中で叫んでしまった。

でも……それくらい女子ウケしそうな水着姿だ！ これはやべえぞ……。

そもそも、顔立ちは優男風。繊細そうな矢野《やの》先輩や気難しそうな細野《ほその》先輩に比べて、明らかにとっつきやすそうなタイプのイケメンだ。付き合ったらおいしい料理とか作ってくれそうだし、落ち込んでるとき優しく慰めてくれそう。

もうこの段階で、モテそう度がカンストしつつある。

ただ——さらにその身体《からだ》。

鍛え上げられた細マッチョボディ！

上腕やふくらはぎには引き締まった筋肉がありありと浮かび、腹筋もあと少しでがっつり割れそう……という一番女子ウケする仕上がり方だ。やりすぎてない度合いがちょうどいいんですよ！

これはやってくれましたね、修司《しゅうじ》先輩！

暦美《こよみ》先輩のときも思ったけど、こういう顔立ちと身体《からだ》の組み合わせは強いです！

ちなみに水着は、スポーツメーカーのショーツタイプ。さほど高いものではないのかもしれないけれど、修司《しゅうじ》先輩自身の仕上がり方もあって、高級ブランドのものだと言われても納得しちゃいそうな見え方をしています！　純粋に高得点！

続いて……時子《ときこ》先輩！

……守護《まも》りてえ。

俺、この時子《ときこ》先輩のこと守護《まも》りてえよ……。

その水着姿に……わたしは思わず拳を強く握ってしまう！

どちらかというと気弱そうな、優しげな顔立ちをしている時子《ときこ》先輩。

イメージは図書室にいる文学少女。体つきも華奢《きゃしゃ》でほっそりとしていて、ちょっとだけ水着姿を恥ずかしがっているようで、頬はわずかに赤くなっている。

それだけでも庇護《ひご》欲をそそられてしまうところがあるのだけど――。

――フレアビキニ！

時子《ときこ》先輩の纏《まと》っている――ひらひら水色のその水着！

具体的に言えば、トップスにもボトムスにもふわっとしたフレアがあしらわれていて、華やかかつ良《い》い感じに身体《からだ》のラインの出し過ぎを抑えられる水着である。

それがまあ、彼女の繊細な印象に似合うこと似合うこと！

肌の白さや存在感の儚《はかな》さと、生地の柔らかなドレープの印象が相乗効果を発揮している。

まるでそう――羽だ。

時子《ときこ》先輩が身体《からだ》に纏《まと》った羽……。

……え、妖精？　もしかして時子《ときこ》先輩、プールサイドの妖精だったの？

どうりで守護《まも》りたくなるわけだぜ！　よっ！　あきる野市に舞い降りた水の妖精さん！

そしてそして、そんな時子《ときこ》先輩のお相手、細野《ほその》先輩は――、

「……ん？」

目を擦り、わたしはもう一度細野《ほその》先輩を見る。

「……ん～……」

……ぷにっていた。

おもむろに視線をやった彼、細野《ほその》先輩の身体《からだ》は……まあまあぷにっていた。

くしゅっとした髪に気難しそうな顔。

ソリッドな印象の黒い水着は、彼のクールな雰囲気によく似合っている。

ただ……そのお腹《なか》。その二の腕。その脚が……。

意外と、お肉が付いた感じになっちゃっていた……。

……あー、んー、まあ、いいんですけどね。

別にこう、全員がすらっとしてる必要はないですし、わたしだってぽちゃ系男子割と普通に好きです。というか、個人的好みとしては細すぎよりはぽっちゃりしてる方が好き。

けどまあ……なんだろうね。

確か細野《ほその》先輩、結構な細身だったはず。

宇田路《うたろ》に一緒に行ったときは、かなり締まった身体《からだ》をしていたはず……。

なのに、数ヶ月でこうなっちゃった……。

……これは、だらけてるな？

進路があんまり決まってないって言ってたし……この夏休み、だらけてんな？

さすがにそれは、ちょっといただけないのでは――？

本人の魅力を、損なう感じのたるみ方になってません～？

――なんて思っていたけれど。

「もー、細野《ほその》くんお腹《なか》ー……」

言いながら、時子《ときこ》先輩は彼のお腹《なか》をつんつんしている。

「アイス食べすぎだからだよー、一緒にダイエットしようね」

「お、おう……」

そう言う彼女の、愛おしそうな表情……。

お腹《なか》をつんつんするときの、楽しげな声……！

「ふふふ……かわいい……」

それを見て——ハッとさせられた。

くっ……なんたる不覚！　わたし、色んな水着姿を楽しめる自信があったけど……。

夏男、夏女ソムリエとしてはそれなりの自負があったけれど……まだまだだった！

この細野《ほその》先輩を、かわいいと言える感性の豊かさ！　わたしには、ただそれが欠けているだけだった……！

……負けを認めましょう！　あなたたちの勝ちです！

この水着姿対決、時子《ときこ》先輩と細野《ほその》先輩の、愛の力による勝利です！

では、閉幕宣言代わりにわたしの水着も紹介しちゃおう！

今日のわたしは、花柄のビキニにパレオを巻いたリゾートスタイルです！

わたし金髪だし顔も派手めだし、これくらいはっきりした色合いが似合うんだよねー。

もしかしたら、露出度合いは女性陣の中でも高めかも。

けど、暦《こよみ》美先輩ほどスタイルの起伏が大きいわけじゃないから、変にセクシーになりすぎず、ほどよい夏感が演出できているんじゃないかと自負しております！


つーことで、霧香《きりか》ちゃんの、水着姿本気チェックでした！

よし、一通り準備できたところでプールを楽しもう！

そして——始まった物語を。

わたしと矢野《やの》先輩たちの物語を、きちんと閉じていこう——。

＊

「——最近どうですー？」

穏やかな水流にゆるゆると流されながら、わたしは隣の暦《こよみ》美先輩に尋ねた。

「矢野《やの》先輩とは、うまくやってますー？」

プールで遊び始めて一時間。

最初の超ハイテンションもちょっとばかり落ち着いて、それぞれ好きなプールで好きなメンツと遊び始めたタイミングで、だった。

わたしと暦美《こよみ》先輩がいるのは比較的流れの緩い、人が少なめの流れるプールだ。

ここにいるのは、一緒に来たメンツの中でも暦美《こよみ》先輩とわたしだけ。

なぜか男子チームが「一回ガチで誰が速いか勝負しよう」と競技用の屋内プールに移動し、時子《ときこ》先輩、伊津佳《いつか》先輩もそれについて行き。暦美《こよみ》先輩だけが「どうしよう、流れるプールでぼーっとしようかな」なんて言っているのに便乗させてもらった形だ。

こんなかわいい女の子が一人だったら絶対ナンパされちゃいますからね！　わたしが騎士としてお守りしますよ！　ていうか矢野《やの》先輩、プールで彼女一人にしちゃダメだって。まったく世話が焼けるカップルですね～。

というわけで。

わたしと暦美《こよみ》先輩は、二人して浮き輪に捕まり。緩い流れに身を任せているのだった。

「んー、うまくやれてると思うよ……」

ちょっとだけ硬い声で、暦美《こよみ》先輩は言う。

「ときどきその……すれ違っちゃうこともあるけど。でも、うん。仲良くしてると思う」

「そうですかー」

見れば、彼女は視線をこちらには向けず、水面に立つ波紋にじっと向けている。

濡《ぬ》れた髪から雫《しずく》がしたたり落ちて、相変わらず本当にきれいな人だ。

——警戒してるよなー。

そんな暦美《こよみ》先輩を見ながら、わたしは思う。

わたしと二人っきりになったの、やっぱり警戒されちゃってるなと思う。

信頼してくれているのも間違いない。二重人格が終わる前、二人の『遺書』をわたしも託されたわけだし。

ただ暦美《こよみ》先輩にとって、わたしだけは他のお友達とちょっとわけが違う。

少しだけ緊張感のある相手、っていうのが、正直なところなんじゃないかと思う。

——そもそも。

わたしとこの人の彼氏、矢野《やの》先輩には因縁があった。

お互いまだ中学生の頃、人間関係に悩んだ矢野《やの》先輩が、塾で知り合ったわたしに相談してきたんだ。

「——ちょっと聞いてみたくて」

「——どうすれば、あんなにうまく立ち回れるのか」

「——うまく周りとの、関係を築いていけるのか……知りたいと思って」

そのときのセリフと、矢野《やの》先輩の必死の表情は、今でもありありと思い出すことができる。

わたしは、彼に教え込んだ。

自分を作ってキャラを確立すること。その上で周囲に接すること。

その甲斐《かい》もあってか、矢野《やの》先輩はめきめきとキャラ作りを覚え、塾の卒業後も悪くない高校生活のスタートを切れたようだった。

正直……そんな彼を見ながら、当時のわたしは強い仲間意識を覚えていた。

――この長い人生の中で。

身も蓋もなく容赦もない毎日の中で――矢野《やの》先輩だけは、わたしの本当の仲間なんだと。

心を許していい相手なんだと、そう思っていた――。

その気持ちは、今になってみれば執着にも近かったのかも、と思う。

なのに――連絡が途切れた。

高校に入ってすぐ、矢野《やの》先輩はわたしをシカトし始めた。そんな風にされるとわたしもなすすべがなく、何が起きたのかわからないまま時間だけが過ぎた。

そして翌年。

文化祭をきっかけに彼と再会したわたしは――彼がキャラ作りを辞めたのを知った。

「本当の自分」的なもので、人に接しようとしている彼を目の当《ま》《あ》たりにした。

――ブチ切れである。

当時のわたし――矢野《やの》先輩にブチ切れである。

結果わたしは絶対にまたキャラ作りさせてやると決意し、まあまあ揉《も》めたわけだけど……そんなわたしを、当時の暦美《こよみ》先輩。秋玻《あきは》先輩と春珂《はるか》先輩は、端的に嫌っていたと思う。

そりゃそうだ、自分の彼氏に敵意を燃やし、変えてやろうとする女子が現れたんだから。

さらに言えば……少し関係が落ち着いたあとも、人格が統合して西荻《にしおぎ》に帰ってきたあとも。

そして、こうして一緒にプールに来るようになった今でさえも……少しだけ彼女は、わたしに対して壁を張っている。

当然だよね。あんな風に、目の前で彼氏と派手に揉《も》めたんだから。

ただ……それだけじゃない気がしているんだ。

彼女が警戒するのは、「わたしが矢野《やの》先輩を責めたから」だけじゃない気が。

暦美《こよみ》先輩は——きっと気付いている。

わたしの気持ちに。

正確には……かつて、わたしが矢野《やの》先輩に抱いていた感情に。

「……やっと、彼氏彼女になれたんですもんね」

わたしは、言いながら暦美《こよみ》先輩に笑ってみせる。

「わたしから見ても、お似合いだと思いますよ。しっくり来てる感があります」

おためごかしじゃない。本心からそう思う。

これまでも散々関係に悩んで、こんがらがってきた矢野《やの》先輩と暦美《こよみ》先輩だけど。今の二人は、本当にごく自然に噛《か》み合《あ》っていると思う。お互いの関係も、それぞれのあり方も。

「……ありがとう」

そこでようやく、暦美《こよみ》先輩は表情を崩す。

「霧香《きりか》ちゃんにそう言ってもらえると……うん、なんか自信を持てるよ」

「ならよかったです。あとー」

と、わたしは言葉を続け、

「わたし、矢野《やの》先輩のこと好きだったんですよね」

一瞬、暦美《こよみ》先輩が固まる。

「中学のときのことですけど。ていうか、文化祭のあとくらいまでは、まだ好きだったんだと思います」

……うん、もうわたしは認めている。

わたしがあのとき矢野《やの》先輩に抱いてた気持ち。

暴力的で、身勝手な衝動は——恋だったんだと思う。

「暦美《こよみ》先輩も、気付いてましたよね？」

彼女の顔を覗《のぞ》き込んで、わたしは尋ねた。

「だから今も、ちょっと緊張してるんじゃないですか？」

「……そうだね」

硬い表情で、暦美《こよみ》先輩はうなずいた。

「確信があったわけじゃないけど……きっとそうなんだろうなって、思ってた」

だよねー。まあ気付くよね。この人は彼の彼女なんだし。

しかも多分、感覚も鋭いタイプだ。こっちの気持ちを隠せていたとは思えない。

「だからちょっと、その話をしておきたくて」

流されながら、わたしは眩《まばゆ》い空を見上げる。

濃い青の空に所々雲が浮かんでいて、わたしの声はその無限の遠さに溶けて消えていく。

わたしが始めた物語は、必要なときにわたしが終わらせるべきだと思う。

だから——矢野《やの》先輩に抱いた感情。それを終わらせるのは、今このときだ。

そうでなければ、きっと暦美《こよみ》先輩の中でひっかかり続ける。

長い間、確かな形もないままくすぶり続ける。

そうさせない義務が、わたしにはあると思う。

「……最近、気になる人ができました」

「気になる人？」

唐突なわたしの発言に、暦美《こよみ》先輩はオウム返しをする。

「それは……恋愛的な意味で？」

「多分、そうなんだと思います。同じ学校の人なんですけど」

「へえ……」

言って、暦美《こよみ》先輩は見透かすようにわたしの目を見る。

夜空みたいに澄んだ漆黒がわたしを射貫《いぬ》いて……やっぱり、ウソはつけないないなと思う。

こんな深みを前にして、わたしは本心以外のことを言うことができない。

「どんな人なの？」

「かわいい子ですよ。矢野《やの》先輩とは全然違います。背が高くて、気が弱くて……」

言いながら——わたしは最近親しくなった、その人のことを思い浮かべる。

ひょんなことで、知り合いの知り合いみたいな形で知り合ったその人。

優しくて気持ちを伝えるのが下手で、けれど実は強い意思を秘めたその姿。

きっとあの子とは、これからも長い付き合いになるんだろうなって予感がある。

関係もどんどん深くなる、という、予知めいた確信がある。

この気持ちは。その人に対する気持ちは、恋に近いんだろう。

まだはっきりしていない、形のあやふやな、それでも深いところに根を張った感情。

「地味な人なんですけどね。でも、実は縫い物がうまかったりして。わたしの通学鞄《かばん》にもすごく素敵な刺繍《ししゅう》をしてくれたんです」

そしてこれは——終わりも意味しているんだ。

矢野《やの》先輩に対する、わたしの暴力的な恋の終わりも。

長い長いわたしの片思いが終わって、新しい恋が始まった——。

そのことを、きちんと暦美《こよみ》先輩に伝えたいと思う。

さて……どうだろうね。

この人は、どんなリアクションをするんだろう。

ほんの少しだけ喉が渇くのを感じつつ、小さく視線を落としていると、

「へえ……いいねえ！」

——思いのほか、明るい声だった。

見れば——暦美《こよみ》先輩は輝くような笑みで、わたしを見ている。

「なんだか、素敵な人の予感がする。ていうかあの霧香《きりか》ちゃんが気に入るって、絶対すごい人だよ、その人！」

——テンションが上がっていた。

なんだろう……暦美《こよみ》先輩、ここにきて急にテンションが上がっていた。

一瞬驚くけれど……ああ、そうか。

春珂《はるか》先輩は恋バナが好きだ、なんて話を聞いたことがあったな。

秋玻《あきは》先輩、春珂《はるか》先輩の人格が統合した暦美《こよみ》先輩。だから今も、この人の中には春珂《はるか》先輩がちゃんといるんだろう。

「そうですね～。多分、すごい人です」

「だよね……。応援してるよ！」

両手を強く握り、暦美《こよみ》先輩は言う。

「その人と霧香《きりか》ちゃんがうまくいくの、わたし……応援してる！」

その表情は、まだかすかに緊張を残している。透明な壁は完全には消えてはいない。

けれど……うん、これで十分だろう。

きっと、もうわたしが二人の足を引っ張ることはない。矢野《やの》先輩と暦美《こよみ》先輩の恋を、邪魔してしまうことはない。

「あはは、ありがとうございますー」

答えながら──わたしは実感する。

「うまくいくといいなー、あの子と……」

これで、今日終わらせるべき物語が一つ終わった。

残るは、あと一つ。

それが済んだら、わたしはこの人たちとさよならだ──。

見上げると、空はこのあとお別れなんて思えないほどに濃い群青《ぐんじょう》だった。

手を伸ばせばためらいが生まれそうで、わたしはちゃぷちゃぷ水面で手の平を遊ばせた。

＊

「――呼んでもらえて、うれしかったよ」

意外にも――話しかけてきたのは、彼の方からだった。

「学校も学年も違うのに声かけてもらえて。勉強ばっかりで疲れてたし、マジで助かった」

「そうですかー」

何気ないフリをして、わたしはそばにあった手すりに体重を預けた。

お昼を過ぎてしばらく。

休憩ついでに軽食でもとやってきたフードコーナーの、チュロス売り場前。

他のメンツは、みんなテーブルに集まってお話し中らしい。ここにいるのは二人だけ。

わたしと同じくチュロスをかじりながら、彼は優しげな表情でわたしを見ている。

「正直……ここまで普通に、また友達になれると思ってなかった」

隣で同じように手すりに寄っかかりながら、彼は続ける。

「文化祭で再会したときは、割と険悪だったからね」

本当に、矢野《やの》先輩の言う通りだ。

わたしはマジギレしていてめちゃくちゃ矢野《やの》先輩を攻撃したし、矢野《やの》先輩は矢野《やの》先輩で追い詰められていたし、秋玻《あきは》先輩春珂《はるか》先輩は、そんなわたしたちにハラハラしつつ憤慨もしていたみたいだし。

わたしだって、またこんな風に話をできる日がくるなんて思っていなかった。

けど——それを認めちゃうのも癪《しやく》だな。

それに、馴《な》れ合《あ》いみたいな会話もしたくない。

「わたしは、今も根に持ってますよー」

意地悪に薄い笑みを浮かべながら、そう言う。

「わたしをシカトしたことは、普通に許してませんから」

チュロスをかじると、さっきよりも妙に甘い気がした。

——以前の矢野《やの》先輩だったら、焦《あせ》っていただろう。

本気で謝ったりマジでテンション下がったり、ダメージを受けていたであろうジャブだ。

けれど——、

「……だよな、ごめん」

今の彼は、そうではない。

「反省してるよ。なんであのとき、素直に相談できなかったんだろうな」

申し訳なさそうに眉を寄せ。

それでも決して重くなりすぎない口調で、わたしにそう言う。

「キレられると思って、ビビっちゃってたんじゃないですか？」

「まあ、それはそうだろうな」

「あとは……わたしのこと好きで、嫌われたくなかったとか？」

「んーどうだろ、それもあったのかな」

「いやー、そこは即座に否定してくださいよー。大事な彼女さんがいるんですから」

「確かに。じゃあそれはないわ」

「否定されたらされたで腹立ちますね～」

そんなやりとりに——思わず笑ってしまいそうになる。

矢野《やの》先輩と二人、いつかみたいに笑いあいそうになる。

でも、それは止めておこう。矢野《やの》先輩のためじゃなく、わたしが未練を覚えないように。

だって……そうだ、今日はやるべきことがある。

もう一つ、終わらせるべき物語があるんだ——。

「……認めざるをえません」

しばらく考えてから。口をついて出たのは、そんなセリフだった。

「何を？」

「キャラを作らないで、どうするんだって思ってましたけど。本当の自分みたいな幻想にすがりついて、マジでどうするつもりなんだって思ってましたけど……」

もう一口チュロスをかじる。

サクサクの生地と甘みに背中を支えてもらいながら、わたしは考える。

それは——矢野《やの》先輩からわたしへの挑戦のような気がしていた。

この世の中で生きていくなら、強くならなければならない。

本当の自分なんてありもしないものを求めて、弱い自分を肯定してはいけない。

強くなるため、周囲の中で立ち位置を獲得するため、徹底的に自分を作り上げていかなければいけない。

それがわたしの生き方で、矢野《やの》先輩に教えた処世術だった。

なのに、高校に入った矢野《やの》先輩は、それを捨てた。

だったら——見せてみろと思った。

わたしと違う生き方で強くなってみろ。予想とは違った彼の姿に、わたしはそう思った。

「だから最初は、いい気味だと思いましたよ」

わざと嫌味な笑みを浮かべ、わたしは矢野《やの》先輩を覗《のぞ》き込む。

「矢野《やの》先輩が、自分のあり方で悩んで迷って、弱っちゃってるの。ほら見ろ！　って。わたしの言う通りにしないからだって、超笑いました」

「……だよなあ」

苦笑気味に、矢野《やの》先輩はうなずく。

「あの頃は、お世辞にも色々うまくいってるとは言えなかったからなあ……」

「だけど……いつ頃だろうな」

視線を落とし、わたしは思い出す。

「クラスの解散式の準備の頃？　いや……宇田路《うたろ》で矢野《やの》先輩を見つけたときが、決め手だったかも……」

秋玻《あきは》先輩と春珂《はるか》先輩の統合が近くなり、宇田路《うたろ》へ向かった矢野《やの》先輩。

彼らを追って、わたしたちも宇田路《うたろ》へ行き――明け方の路地で彼を見つけたとき。

散々悩んでから、彼は秋玻《あきは》先輩、春珂《はるか》先輩のところへ向かった。

色んな矛盾を孕《はら》んだままで、不安も恐怖も消えないままで、それでも全部を抱えて二人のところへ歩き出した。

そうだ……うん、あのときだ。

「自分の矛盾を受け入れるっていうのは、確かにうん……説得力がありますね」

わたしの生き方とは、真逆の考え方。

自分自身を道理に従って整理するんじゃなく、まずは受け入れる。

その結果――、

「……矢野《やの》先輩、変わりましたね」

――隣の彼を見て、わたしは言う、

「前はもっと、ずっと焦《あせ》ったり困ったりしてる感じでしたけど……うん、落ち着きましたね」

「だな、おかげでずいぶん楽になったよ」

「だから……まあその～」

そこまで言って――わたしは口ごもってしまう。

今まで、こんなこと一度もなかったのに。一度だって、セリフを口に出せないなんてことはなかったのに。

それでも、なんとか気持ちを呑《の》み下して、

「……今の先輩は、嫌いじゃないですよ」

わたしはそう言う。

「好きでもないですけど」

そう付け足す。

ちょっと驚いた顔をしてから、矢野《やの》先輩は表情を崩した。

子供みたいな、心の底からうれしそうな笑顔だった。

「ありがとう」

「霧香《きりか》にそう言ってもらえるなら、自信が持てるよ」

「別に、すでに自信あるでしょう?」

「前よりは、確かにあるかもな」

「だからまあ」

言って——わたしは体重を預けていた手すりを離れる。

そろそろ、「何してるんだろ?」と不安に思われるかもしれない。みんなのいるテーブルに戻ろう。チュロスも少ししか残っていないし。

「誇ってくださいよ」

言いながら、わたしは彼を振り返る。

そして、思わず素で笑ってしまいながら——こう続けた。

「わたしが本気で人を褒めることなんて、ほとんどないんですから」

矢野《やの》先輩は、目を丸くしてぽかんとしたあと。

うれしそうに笑って、わたしにこう答えた。

「——肝に銘じておくよ」

——わたしの考えだけが正解ではなかった。

矢野《やの》先輩の笑顔を見ながら、改めてそう実感する。

彼がわたしに、わたしとは別の生き方を見せてくれた。

認めよう、彼の勝ちだ。

矢野《やの》先輩は、これからもわたしと違うあり方で生きていく。

二人の距離は無限に開いていく。

けれど……どこかわたしは幸せだった。肩の荷が下りた気分だった。

だから、最後にそれを伝えたかったんだ。

さよならをする前に「ありがとう」と。「新しい道を見せてくれて、うれしかった」と。

かつて恋をしていた彼に、きちんと伝えたかった。

「……ありがと、矢野《やの》先輩」

「……ん？　何が？」

「なんでもないです」

——こうして、終わらせるべき二つの物語が終わった。

わたしは、わたしの役目を果たすことができたと思う。

だからあとは——。

大きく息をして——前を見る。

人だかりの中に、みんながいるテーブルが見えている。

彼らに、さよならをするだけなんだ——。

＊

「──はーさすがにくたくただよ〜」

夕方の、三鷹《みたか》行きの総武《そうぶ》線。

伊津佳《いつか》先輩は、崩れ落ちそうな姿勢で座席に座っていた。

「一日泳ぐとここまで体力持ってかれるんだね。まあ楽しかったし、ダイエットにもなったからいいけど……」

「別に、須藤《すどう》は痩せる必要ないだろ」

その前に立つ細野《ほその》先輩は、つり革を掴《つか》みながら苦笑気味に言う。

「ていうか、前より一層痩せたんじゃねえの？　高校生なんて、ちょっと肉付きいいくらいでもいいと思うけどな」

「そういう細野《ほその》は、だらけすぎだったでしょ」

伊津佳《いつか》先輩と暦美《こよみ》先輩に挟まれた席。

矢野《やの》先輩は顔を上げて、細野《ほその》先輩に突っ込みを入れる。

「今日だってほとんど泳いでなかったし」

「ていうか、お腹《なか》の肉ヤバくなかった？」

「中学のときは、むしろガリガリだったのにな」

矢野《やの》先輩に続いて、伊津佳《いつか》先輩、修司《しゅうじ》先輩が鋭い突っ込みを入れる。

暦美《こよみ》先輩が笑って、時子《ときこ》先輩が「ちょっとくらいお肉があってもいいよ」と細野《ほその》先輩を慰めている。

車窓からは、橙色《だいだいいろ》の夕日が車内に差し込んでいた。

それに照らされ、暖色に滲《にじ》んだ彼ら。

わたしは——その景色を目に焼き付ける。

もう二度と来ない、十七才の夏の一日。

そして——もうきっと会うこともない、年上の友人たちとのひととき。

——わたしは、イレギュラーな存在だったと思う。

ふっと息をつき、わたしはこれまでのことを思い返す。

去年一年で色んな経緯があって、わたしは彼らに関わった。

文化祭やクラス会、さらには一緒に宇田路《うたろ》にまで行ってしまったわけで……傍目《はため》には仲のいい友達に見えるかもしれない。

けれど、わたしはわかっている。

彼らの中で——わたしはあくまで異物だ。

学校が同じなわけじゃない、年が同じなわけじゃない。さらに言えば……すごく気が合うわけでもない。そういう流れがあったから仲良くしているだけで、例えば同じ学校で、同じ教室にいたら、友達になることもなかっただろう。

そんなわたしを彼らが受け入れてくれているのは――気を遣っているから。

わたしを仲間外れにしないよう、注意してくれているから。

そんな関係、ずっと続くはずがないんだ。

いつか距離が離れて疎遠になって、自然と関係性が消滅していく。

そうなる未来が見えている。

そしてその過程は――正直なところ、ちょっとみっともない。

淡い罪悪感も、全員が覚えるだろう。

もしかしたら、わたしがいるせいでグループの寿命が縮まってしまうかもしれない。

そんなこと、わたしは望まない。

だから……思い出はきれいなうちに。

関係性が無理のないうちに――きっぱりと距離を置く。

彼らとは、もう会わないようにしよう。わたしは、そんな風に決めていた。

だから――、

「――あー、明日からまた受験勉強の日々かー」

「――細野《ほその》マジでどうするの？」

「——つーか、みんなどうやって進路決めたんだよ」

——わたしは覚えておこう。

この人たちと一緒にいた、短い時間のことを。

中学校の頃、塾で出会った男の子。彼が運んでくれたこの場所で出会った人たちのことを、
せめてはっきり記憶しておこうと思う。

「——あ、西荻《にしおぎ》着いた！」

そうこうしているうちに、電車が西荻窪駅《にしおぎくぼえき》に着く。

ここで、吉祥寺《きちじょうじ》が最寄り駅のわたし以外、全員が電車を降りてしまう。

「い、行かなきゃ……」

「ちょ、須藤《すどう》スマホ忘れてる！」

「あああーごめん！」

バタバタしながら、彼らが席を立つ。車両のドアが開き、彼らはそこに向かう。

その背中を、じっと見つめていると、

「——霧香《きりか》！」

——彼が。

矢野《やの》先輩が、こちらを振り返った。

釣られるように、皆がこっちを見る。

そして——発車のベルが鳴り、ドアが閉まりかける中。


「誘ってくれてありがとう！」


矢野《やの》先輩が、大きな声で言った。

「今日、マジで楽しかった！」

「……こちらこそ！」

ちょっと迷ってから、わたしも大声で返した。

「わたしも楽しかったですよ！」

お別れは、きっちりはっきりしておきたい。

だから——、

「ありがとうございました！」

そう言って——わたしは深く頭を下げる。

これで、わたしたちの関係はおしまいだ。一つの物語が、幕を閉じた。

——そう、思ったけれど。

「次は――花火な！」

矢野《やの》先輩が、もう一度叫ぶ。

「再来週の花火大会、誘うから！　予定が合ったら行こう！」

「あ、あと……恋愛相談！」

ドアが閉まり、わたしたちの間に一枚の壁ができても。

それを突き通る大きな声で、暦美《こよみ》先輩まで続ける。

「例の人との恋愛相談とか、あったら聞くから！　遠慮なく言ってね！」

――笑ってしまった。

彼女のわくわくを抑えられない表情に、思わず笑ってしまった。

「いやそれ、大声で言わないでくださいよ！　内緒なんですから！」

こちらもそう言い返すと、暦美《こよみ》先輩はぱっと慌てて口を手で押さえる。

そして――、

「ごめ……ラインする！」

――それだけ彼女が言うと同時に、列車が走り出す。

彼らの姿と西荻窪駅《にしおぎくぼえき》のホームが、あっという間に遠ざかっていく。

そして――ポケットの中でスマホが震えて、

水瀬《みなせ》『さっきは本当にごめん。。。。』
水瀬《みなせ》『(深々と頭を下げる猫のスタンプ)』
水瀬《みなせ》『でもほんと、何かあったら相談して!』
水瀬《みなせ》『応援してるから!!』

そんなラインが――暦美《こよみ》先輩から来ていた。

「……ふふ」

列車がすぐに隣の駅、吉祥寺《きちじょうじ》駅のホームへ入っていく。
わたしは――自分の気持ちが大きく変わっているのに気付きながら。
さよならすること、もうちょっと先延ばしにしてもいいかも、なんて思いながら、

kirika『わかりました』
kirika『今度、お茶でも飲みながら相談させてください』

暦美《こよみ》先輩に、そんな風にメッセージを返した。

列車が吉祥寺《きちじょうじ》駅に止まる。
ドアが開いて、わたしは車両から降りた。
そして——ふと思い立ち、わたしはホーム東端まで歩いていく。
線路の向こうを見ると、少し先に隣駅が見えた。
矢野《やの》先輩、暦美《こよみ》先輩たちが住む、西荻窪駅《にしおぎくぼえき》。
一駅離れているけれど。生活圏は、確かに切り離されているけれど。
こうして見ると、案外目と鼻の先だなんて、そんなことを思う。

第四話
Chapter4

【暦美、イベント登壇す】

Bizarre Love Triangle

三角の距離は限りないゼロ

――秋の深まる新宿区《しんじゆく》歌舞伎町《かぶきちょう》。

繁華街のど真ん中にある、とあるビル。地下の二階。

その日行われるイベントのスタートを、僕は満員のフロアで待っていた。

……ドキドキしていた。

めちゃくちゃにドキドキしていた。

そわそわして辺りを見回す。喉が渇いて、頼んだドリンクをすぐに飲み干してしまう。

多分、緊張の理由はいくつかある。

昼時とは言え、初めて歌舞伎《かぶき》町に来たこと。

その名前は知っていたしどんな街かも知っていたけれど、それは大体アウトローな雰囲気の物語やゲームを通じてだった。そんな場所に一人で来てしまって、完全にビビっている。

大丈夫だろうか。僕は今日、無事に家に帰り着くことができるんだろうか……。

それから……店の中の雰囲気。

もともとここは、サブカル系イベントが行われる会場として知られているらしい。

僕の住む西荻《にしおぎ》だってサブカルっぽい雰囲気のある街だけど、ここはまたちょっと趣が違う。

使い倒されて年季の入ったテーブルと椅子に、汚れたフロア。

漂っているかすかな煙草《たばこ》の匂いと、ネオンサインの毒々しい灯《あか》り。

そして――ステージ上。出演者の背景になるのだろう、鮮やかで卑猥《ひわい》なペイント。

――アングラ、と言うのが適切なんだろうか。

西荻《にしおぎ》的な柔らかいサブカルではなく、ちょっとワルい雰囲気が店全体に漂っている気がして、そのことにも僕は淡い緊張を抱く。

加えて――それら以上に。

そういう周囲の状況以上に、僕には明白な緊張の理由があった――。

「……お、始まるな」

フロアの照明が落ち、ライトアップされたステージ上。

そこに、今回の主催者である洒落《しゃれ》た大人の女性が現れて、

「――あーどうも、こんにちは、あはは」

と、慣れた様子でマイクに話し始める。

「『西園質量《にしぞのしつりょう》のカルチャー語り放題』、今月もやっていきたいと思います。ちょっとね、今回は面白いですよ。いつものメンバーに加えて、特別ゲストがいますから」

そこまで言うと、彼女――西園質量《にしぞのしつりょう》という社会学者は壇上の椅子に腰掛け、

「わたしずっと、その人と話してみたくてさー。めちゃくちゃドキドキしながら誘いのメール送ったんだけど……あ、わたしの話はいい？　さっさとゲスト見たい？　だよね。じゃあ、今日のメンバーの入場でーす」

そう言うと同時に、数人の人々がステージにやってくる。

金髪の若い女性と、パーマ&メガネが印象的な中年男性。両者とも、界隈《かいわい》では名の知れた文章の書き手らしい。

そして、その最後尾に――、

「はーい、いつものうだつの上がらない面々と……今回の特別ゲスト！」

――彼女がいた。

「みんな、どんな人か気になってたでしょ？　最近話題の駆け出しライター、ｍｉｎａｓｅちゃんでーす！」

艶めく黒髪と繊細に整った顔立ち。

細身の身体《からだ》を、今日のために買ったらしいワンピースに身を包んだ彼女。

――暦美《こよみ》だ。

今回のイベント、なんと暦美《こよみ》が出演者として登壇するのだ。

「……ね？　もうびっくりじゃない？」

西園《にしぞの》さんが、暦美《こよみ》を眺めながら満面の笑みで言う。

「ｍｉｎａｓｅちゃん……美少女だよ。やベーよかわいすぎでしょ。この子があの文章書いてたんだよ？　マジだよマジ、替え玉とかじゃないよ」

そのセリフに――暦美《こよみ》はぎこちない動きで首をふるふると振ってみせる。

――緊張していた。

客席にいる僕だけじゃなく、壇上の暦美《こよみ》も死にそうなほどに緊張していた。

顔面は蒼白《そうはく》、表情は能面。

動きはギクシャクして、完全にガッチガチだ……。

「……あ、ちなみに彼氏がいるそうでーす！　男性諸君は期待しないように！　未成年だから、余計なことしたやつはマジで出禁にするんで。その辺はご注意を」

西園《にしぞの》さんのそんな話に、フロアから笑い声が上がる。

「えー、彼氏持ちかー」

「──女なら口説いてもいいですかー？」

「ダメに決まってんでしょ！　今のやつ、出禁な」

もう一度フロアが湧いた。

温まっていく会場、少しずつ回り始めたトーク。

けれど──当の暦美《こよみ》は唇をきゅっと結んだまま、額に汗を浮かべ始めている。

……大丈夫なんだろうか。

サブカル系イベント初の登壇。

暦美《こよみ》は無事に、この舞台をこなすことができるんだろうか……。

我がことのように、僕もそわそわして落ち着かない。手の平にも、粘度の高い汗がしみ出してくる。

ただ——今回僕は、そんな気持ちを顔に出すことができない。

さらに……客席から、彼女に応援の声をかけることだってできない。

なぜなら——。

「……っ……」

思い出して、僕は唇を噛《か》む。

僕らは——数日前からけんか中。

付き合って以来、初めての大げんかの真っ最中で……今日だって、僕はここに来ないという話になっているのだから。

そう、つまり。暦美《こよみ》は、今日僕が客席にいるのを知らない——。

＊

——きっかけは、ありがちなすれ違いだった。

「矢野《やの》くん……もしよければ、なんだけど」

暦美《こよみ》がそう切り出したのは、数週間前。学校終わりの帰り道でのことだった。

「今度、イベントに出るって話はしたでしょう？　例の、わたしを取り上げてくれた社会学者さん。西園質量《にしぞのしつりょう》さんが毎月やってる『カルチャー語り放題』に」

「うん、だな」

その報告は受けていた。

例のｍｅｍｏのバズのあとも暦美《こよみ》はネットに文章を上げ続け、活動はすっかり安定。ライターとしても、一定の評価を得るようになった。

その間、ずっと暦美《こよみ》を気にかけてくれたのが、西園質量《にしぞのしつりょう》さんだ。

基本的には暦美《こよみ》の評論に好意的なコメントをしつつ、意見の違うところではきちんとそれを表明する。僕から見ていても、暦美《こよみ》にとってありがたい存在なのは一目瞭然だった。

そんな西園《にしぞの》さんから、暦美《こよみ》にイベント登壇の依頼があったのは数日前の事。

相談を受けて、もちろん僕も「絶対出なよそれ！」「チャンスじゃん！」と背中を押し、暦《こよ》美《み》も出演を決意した。「矢野《やの》くん、見に来てね」「わたしがステージでピンチになったら、客席から助けてね」なんて話もされていた。

そして、

「その当日……本番前に、ちょっと会えたりしないかな？」

どこか恥ずかしそうな表情で。くすぐったそうな声色で、暦美《こよみ》はそう言う。

「ほら、すごく緊張しちゃいそうだし、知ってる人ほとんどいないし……だから、その前に矢《や》野《の》くんに会えたら、うれしいなって思ったんだけど」

「あー、なるほど」

「短い時間でもいいの。どう……？」

ふむ……そういうことか。

確かにそのイベントは、暦美《こよみ》にとっての大舞台。

人前に初めて出るだけでなく、業界の先輩とやりとりまでしなきゃいけないわけだ。

そりゃ緊張するだろう。知り合いに会いたい気持ちもよくわかる。

けれど、その日の予定を思い出し、

「んー、ごめん。ちょっと先約があって」

僕は申し訳なさに頭を掻《か》きながら答えた。

「イベントの時間まで、友達の参考書選びの手伝いするんだよ。だから、難しいかも……」

「……そ、そっか」

目に見えてはっきりわかるほどに、暦美《こよみ》はしゅんとする。

「約束があったなら、仕方ないね……。お友達って、細野《ほその》くんとか？」

「ああいや、そうじゃなくて」

そして、僕は何の気もなしに。

別に抵抗も罪悪感も覚えないままで——こう答えたのだった。

「古暮《こぐれ》さんに、助けて欲しいって言われててさ」

——古暮千景《こぐれちかげ》さん。

二年生のとき同じクラスだった、ちょっと派手目の女子だ。

修学旅行で同じ班になったのをきっかけに仲良くなり、今もときどき雑談をしたり、進路の話をする間柄だったりする。

そんな彼女に「ねーおすすめの参考書教えてー」と言われ、イベント前に一緒に本屋を巡る予定なのだ。

……本当に、ただそれだけ。

こっちにも向こうにも、やましいところは一ミリもなかった。

なのに、

「……」

暦美《こよみ》の表情が──目に見えて曇った。

そして、彼女は不満げに唇を尖《とが》らせ、

「ふうん……。もしかして、二人で行くの？」

「あ、うん。そのつもりだけど……」

「へえ、女子と二人で……」

「……あー、いやいやいや！」

じとっとこちらを見る暦美《こよみ》の目。

ようやく彼女の意図するところがわかって、慌てて僕は申し開きをする。

「別にその、なんか変な感じのあれじゃないよ！　ほら、暦美《こよみ》も知ってるだろ？　あの人とは、なんか単にちょっと仲いいだけで……」

「うん、別にいいよ……」

視線を落とし、つぶやくように暦美《こよみ》は言う。

「放っておかれるのは寂しいけど、我慢する……」

「放ってって……先約だったんだから、仕方ないだろー」

「はいはい、そうだね。仕方ないですねー」

ぶっきらぼうにそう言って、暦美《こよみ》はぷいっと向こうを向く。

そんな反応をされるのは初めてで、

「……な、なんだよ」

僕の口調も自然、戸惑い気味のものになってしまう。

「会えないのは申し訳ないけど、僕だって友達と約束することくらいあるだろ……」

「うん、だからいいよ。わたし、一人でなんとかするから」

「そういう言い方しなくてもいいだろ。だったら、今からでも古暮《こぐれ》さんに言って、別の日に変えてもらおうか？」

「そんなことしなくていい！　デート、楽しんできてね」

「……なんだよそれ！」

わざとらしい言い方に、さすがにちょっと腹が立ってしまった。

「そんな風に言わなくてもいいだろ！　そういうのじゃないのは、暦美《こよみ》もわかってるだろ！」

「わかんないよ！　わたしのお願い断ってまで行くんだもん！」

「だからそれは、約束の順番で——」

「——もういい！」

きゅっと手を握り、暦美《こよみ》は言った。

「いいよもうその日は！　イベントにも来なくていい！」

「はあ⁉」

「二人で楽しめばいいじゃん、お出かけ！」

——そんな子供じみたことを言われたのが、心底意外で。

暦美《こよみ》がそこまで言うことに——僕もかっとなってしまって。

「……わかったよ！」

反射的に、そう答えてしまった。

「行かなきゃいいんだろ！　そうさせてもらうよ！」

「うん！　じゃあね！　バイバイ！」

「知らないからな、もう！」

——そんな風に言い合う内。

僕らはいつもの分かれ道に到着し、手を振り合うこともないままそれぞれの帰路についたのだった。

——認めよう。すぐに後悔した。

家に帰ってから……めちゃくちゃ後悔した。

もうマジで……ベッドに突っ伏してしまうレベル。息もできないほどだった。

暦美《こよみ》だって、ちょっと甘えたかっただけなのかもしれない。

ライターを目指す彼女にとって千載一遇のチャンス。

彼氏としては、無理をしてでも支えてあげるべきだったのかもしれない……。

なのに……実際はあんな風に突き放して。

そのうえ、イベントに行かないとまで言ってしまった……。

「……ぐぅ～……」

ダメだ……マジでやらかした。

うめき声を漏らしても、過去は変わらない。

今からでも謝ろうかと思うけれど、どの面下げて彼女に声を掛ければいいのか分からない……。

——そんなわけで。

翌週も、僕は上手《う ま》く暦美《こよみ》に謝れないまま日々を過ごし。

イベント当日になった今日……古暮《こぐれ》さんと別れた後、こうしてこっそり会場を訪れ暦美《こよみ》の様子を窺っているのだった。

＊

「――でまあ、今回なんですが！」

自己紹介、それに続くオープニングのトークが終わり。

西園《にしぞの》さんが、十分に温まったフロアに向かって話を続ける。

「告知した通り、トークだけじゃなく色々企画をやってみたいと思ってます。ライターとしても活躍している面々が集まっているんでねー。その実力を活《い》かせるようなゲームに挑んでもらおうかなと」

説明しながら、プロジェクターに接続されたパソコンを操作する西園《にしぞの》さん。

どうやらここからが、このイベントの本番という感じらしい。

そんな進行を客席から眺めながら――僕は激しく焦《あせ》り始めていた。

――暦美《こよみ》がヤバい。

見れば――今や彼女の顔面はもはや真っ青。

緊張を通り越して、幽体離脱しそうなレベルに達している……！

そもそも、さっきまで行われていた自己紹介。本当に危ないものだった。

マイクを渡され「ｍｉｎａｓｅです……」と言ったはいいものの、声が小さすぎてうまく客席に声が届かず。周囲から「もうちょい声張って」と優しくうながされた。

結果――彼女は大慌て。

今度は声を張りすぎて、

「――ｍｉｎａｓｅですッ!!」

と、ロックバンドのメンバー紹介みたいな挨拶になってしまった。

その後のトークでも暦美《こよみ》はガチガチ。

気の利《き》いた返しなんてまったくできないし、問いかけに最低限答えるのに精一杯だった。

「――どう？　壇上に来てみて。お客さん結構いるけど」

「……壇上に、いるなって」

「――人前に出てくれるのは、初めてなんだよね？　どうして今回出演をＯＫしてくれたの？」

「……出たいと、思ったので」

「――あはは、まあまあリラックスして。ここに集まってる客なんて、身内みたいなもんだから。いくらでも失敗してくれていいからね！」

「……はい、失敗します」

見ているこっちがハラハラしてしまう、ギリギリの受け答えだった。

正直、もう僕も全身汗びっしょりだ。

こんな調子で、イベント最後までちゃんと見届けられるんだろうか……。

幸い、他の出演者の皆さんやお客さんは優しい人そろいらしい。

アットホームな雰囲気で彼女の失敗を温かく見守ってくれている。

現状、それだけは本当に救いだなと思うんだけど……。

「――ということで、企画はこちら」

PCをいじっていた西園《にしぞの》さんが、ようやくスクリーンを指差す。

企画内容の発表だ。

僕はきゅっと唇を噛《か》み、せめて今の暦美《こよみ》がこなせるものであることを祈るけれど――、

「『ライター実力勝負！　自分の言葉でレビューしろ！』」

西園《にしぞの》さんは、表示された企画タイトルを元気よく読み上げる。

「はい、ということで、今からここにいる四人で、二つの題材でレビュー対決します！　みんなそういう文章で戦ってきたからね、目の前でガチバトルしようぜ、ってことね。で、肝心の

題材だけど、一つ目はこちら……じゃじゃん！」

言って――西園《にしぞの》さんは何かをこちらに掲げてみせる。

彼女が指で摘まんでいるのは……、

「昆虫食！」

「……ヒッ！」

思わず――そんな声を上げてしまった。

固そうな黒い身体《からだ》。そこから生えた六本の、節の目立つ脚――。

――タガメだった。

生物の教科書で見た覚えのあるいかつい昆虫。タガメだった。

「これを、皆で食べるわけだね」

信じられないことを、西園《にしぞの》さんはマイクに乗せて言う。

「タガメ以外にも色々あるから、みんなでじっくり味わってレビューしちゃいます」

「……ウソだろ」

――思わず頭を抱えた。

きつい……これはきついぞ。

虫を食べる……ただでさえハードルの高い企画だ。

想像するだけで、口の中に苦い味が広がるような感覚がある……。

今の僕でさえそうなんだから、暦美《こよみ》にそれをこなせる精神力が残されているとは思えない。

食べるのを拒否したり、泣き出したり……最悪、リバースしてなんてこともあるんじゃないか……。

「続きまして、次のレビュー題材はこちら――」

そんな僕も不安もつゆ知らず。

西園《にしぞの》さんはパソコンを操作し、

「……ん？」

画面に――なにやら絵を大写しした。

なんというか、素朴というか……自由というか……。

お世辞にもうまいとは言えない、子供が描いたような絵……。

なんだこれ、と首をかしげるけれど……、

「ふふふ。これね、とある国内の大御所ライターが描いた絵です。独特の味があるでしょ？」

不敵に笑い、西園《にしぞの》さんは言う。

ああ、なるほど……。確かに味がある、かも……。独特の、味が……。

「これをレビューするわけですが……あのね、ライターは、いつも忖度《そんたく》をせずに批評するのが大事なのね。強い相手にも臆することなく、事実を文章の形で記すことが」

ふむ、そういうこだわりがあるんだな……。

まあ、忖度《そんたく》しながら書くレビューや評論もあるんだろうけど、今日ここにいる面々はそうではない。世の中にある作品や文化を、率直にレビューすることで評価されてきたメンバーだ、ってことだろう。

「でも今回は——いつもと真逆！」

と、西園《にしぞの》さんは続ける。

「その大御所が描いたイラストを、彼に忖度《そんたく》しながらレビューしてもらいます！　さあ大変だぞ！　迂闊《うかつ》なこと言ったら重鎮から嫌われる！　なので、皆さんのライター生命を賭けて、全力で忖度《そんたく》レビューをしてもらう、というのがこの題材です！」

……そういうことか。

理解ができて——僕は頭を抱える。

忖度《そんたく》レビュー。大御所のイラストを……。

これは……まずい。さっきの昆虫食よりまずいんじゃないか？

今のガチガチの暦美《こよみ》に、忖度《そんたく》なんてことができるとは思えない……。

うっかり本音を言って、会場冷めまくり、なんてことになりかねないんじゃ……。

もちろん、イラストを描いた大御所の人が本気で怒ったり、なんてことはないと思う。それでもここで趣旨を逸脱したことをしてしまえば、イベント自体が盛り下がっちゃうんじゃ……。

「ということで、この二テーマで、今回の出演者にはレビュー対決してもらいます！」

西園《にしぞの》さんが、高らかにそう宣言する。

「いつメンはどんなレビューをするのか！　そして新星、ｍｉｎａｓｅちゃんは彼らにどう戦いを挑むのか！　乞うご期待！」

……暦美《こよみ》の方をちらりと見る。

壇上で席に腰掛ける彼女は、さっきみたいな無表情のままだ。

まさか今の彼女に、レビューをするような余裕があるとは思えない……。

……どうなるんだろう。

このレビュー対決、一体どうなってしまうんだ……。

＊

「──じゃあさっそく、一つ目のテーマいってみよう！」

西園《にしぞの》さんの言葉と同時に──会場内にＢＧＭが流れる。

短く間を開けて、壇上のテーブルにいくつかの皿が運ばれる。

首を伸ばして見ると、スタッフの持つその上には、予想通りのものが載せられていて──、

「──うぉおお……」

「──見た目からエグい……」

「──マジであれ食べるの……？」

会場からも、どよめきが上がった。

──虫たちだった。

昆虫食用に加工されているんだろう。

何種類かの虫たちが、そのパッケージと一緒に載せられていた。

さっきも見たタガメの他には、カブトムシ、クモ、ミルワーム、バッタ系の虫たち……。

サソリなんかの姿も見える。

ぱっと見は、どう考えても食べ物とは思えなかった。

もちろん、他の文化圏では普通に食べられているものなのかもしれない。なんなら、高級食材だったりするのかもしれない。それでも、日本文化の中で育った僕は、その虫たちを食べなきゃいけないって事実に、反射的な抵抗を覚えてしまう。

壇上のライターたちも、同じような感想らしくて──、

「……無理だよ……」

「……マジかー」

と天を仰いだり、顔を手で覆ったりしていた。

「さて、さっそく泣き言が聞かれますが」

そんな彼らの嘆きを受けつつも、西園《にしぞの》さんはイベントを進行する。

「まあまずは、各々《おのおの》この中から虫を一つ選んでください。その後、順番に食べてレビューしてくって感じにしましょう。誰からいこうかね……ライター歴の長い順番にしようか！　なので猫川《ねこかわ》さん、珠城《たまき》さん、ｍｉｎａｓｅちゃんって順番で！」

「おいウソだろ！」

メガネとパーマが印象的な男性ライターが声を上げた。

テーブル上の名札にもある通り、彼が猫川《ねこかわ》さん。四十代の中堅ライターらしい。

「俺がトップバッターかー、マジかよ～」

その隣で「二番手かー」と苦笑しているのが切れ味鋭い文章で有名な女性ライター、珠城《たまき》さん。そして最後に暦美《こよみ》、という順番らしい。

「えーっとー、じゃあー……俺はバッタいく！　イナゴの佃煮《つくだに》は食べたことあるし！」

「わたしは……ミルワームで。ナッツの味とか、聞いたことありますし」

なるほど、この二人の選択には納得感がある。

バッタもミルワームもきついけど、他のに比べると若干マシ感があるのだ。

どちらも昆虫食のイメージがあるし、見た目もさほどエグくない、という点で。

「おいおーい、二人とも置きにいってるなあ……」

いまいち納得いかないらしい。西園《にしぞの》さんが、呆《あき》れたような声を出す。

「先輩として恥ずかしくないんかね？　攻めていかないと、こういうときは！　で、ｍｉｎａ

seちゃんはどうする？」

彼女はそれまでよりも優しげな顔で暦美《こよみ》を向き、

「初めてだからね、無理しなくていいよ。珠城《たまき》さんと同じになるけど、ミルワームとかでもいいし」

「えっと、わたしは……」

緊張しすぎのせいだろう、どこか平板な声の暦美《こよみ》は虫たちの載った皿を見る。

そして、何食わぬ顔で。声色だって、ほとんど上下させないまま——、

「……タガメにします」

——そんなことを、ぽつりと言った。

「え、マジ⁉」

西園《にしぞの》さんが大声を上げる。

「マジでタガメいくの⁉」

「はい」

客席も、その返答に大きくどよめいた。

「これ結構抵抗あると思うけど、大丈夫⁉」

——西園《にしぞの》さんの言う通りだ。

きつい。タガメは大分きついぞ……。

なんというか、見た目に「食べ物」感がなすぎる。結構デカいし。

それこそ、ある種の害虫にも近い見た目で、心理的な抵抗がマジでヤバい。

なのに、暦美《こよみ》は本当に大丈夫なのか……？

「ええ、大丈夫です……」

相変わらずどこかぼんやりした様子で、暦美《こよみ》はうなずいた。

「なんとなく、最初に目に付いたので……」

「おお、いいね、良《い》い心意気だ！　気に入ったよｍｉｎａｓｅちゃん！　じゃあ、ｍｉｎａｓｅちゃんはタガメで決定ね！」

西園《にしぞの》さんは、うれしそうに手を叩《たた》いた。

そして、彼女は猫川《ねこかわ》さんの方に向き直り、

「ということで――さっそく順番に実食タイムに入ろう！　まずは、猫川《ねこかわ》さんからよろしく！　食べたらレビューもお願いね。その品質でランク付けするから」

「はあ……わかりました」

店内ＢＧＭが変わり、猫川《ねこかわ》さんの前にバッタが置かれる。

それを前にし、恐る恐る一匹手に取った彼は――、

「うわあ……虫だよ、マジで虫じゃん……」

「当たり前でしょ！　はいさっさと食べる！」

「あーもう、わかりましたよ！　いただきます！」

元気よくそう言って――バッタを口に放り込んだ。

客席から上がるどよめき。

彼はしばらし、しかめっ面《つら》で口の中のものを咀嚼《そしゃく》してから――、

「――おいし……くはないです」

力ない声でそう言った。

「ちょっと、塩が振ってあるけど……そんなにその味はしなくて。なんだろ、複雑な味っていうか、虫っぽい……？　んだけど、これは……海老《えび》？　小魚……なんか、海系の味がする気が……？」

……ほう、海老《えび》。小魚。

確かに、何かの虫は海老《えび》の味がするって聞いたことがあるな。

マジでそんな感じなんだ、バッタ……。

「そういう、感じですね。あーこれ口に残るな、脚とかが……。歯に挟まる……。はい、以上です……」

「以上？　猫川《ねこかわ》さん、それだけ？　うーん、なんか切れ味のないレビューだなー……」

聞いていた西園《にしぞの》さんは、いまいちその感想にピンとこないらしい。

「さぐりさぐりすぎない？　もっと普段の猫川《ねこかわ》さんの、ウィットに富んだ表現聞かせてよ！」

「いやいや、そんなん考える余裕ないですから！　感想言えただけ褒めてくださいよ！」

「はいはい、よく頑張ったね！　ということで猫川《ねこかわ》さんでした！　拍手！　続いて、珠城《たまき》さんいこう！」

「はい、いただきます……」

うながされて、珠城《たまき》さんがミルワームを恐る恐る口に入れる。

そして、しばらくそれを咀嚼《そしゃく》してから、

「……ああ、割といけますね」

彼女はほっとしたような顔でそう言った。

「こっちもちょっと塩味なんですけど……うん！　なんかまろやかっていうか、ナッツっぽい感じがします！　あれですね、調味料もう少し振れば、お酒のおつまみなんかにもいいかも……」

「へーそうなんだ！」

「……あー、ありあり！　おいしい気がしてきた！　見た目だけアレですけど、皆が慣れればバーとかパブでも出せるんじゃないかな……。黒ビールとミルワーム。カクテルとミルワーム、みたいな……」

「ほうほう。いいね、ちょっと食べてみたくなるレビューだ」

猫川《ねこかわ》さんのときよりは高評価なんだろう。

西園《にしぞの》さんはそう言って表情を緩める。

「わたしもあとで楽屋で食べてみよう。ただ……やっぱりねー、ミルワームってチョイス自体がちょっと安パイ選んだ感じがあるから！ 新人のｍｉｎａｓｅちゃんに負けてるよ！ そこは減点と言うことで、厳しくジャッジさせていただきます！ ということで……最後にｍｉｎａｓｅちゃん！」

西園《にしぞの》さんが、暦美《こよみ》の方に視線を向ける。

「大丈夫？ 本当にタガメいける⁉ 今からでも、別のに変えてもお姉さん減点しないよ⁉」

「大丈夫です、変えません」

相変わらず平板にそう言う暦美《こよみ》。

そして彼女は――なんのためらいもなく。

「いただきます」

ごく当たり前のような顔でタガメを手に取り――、

「……おおっ！」

――頭から、それを一口食べた。

おい、大丈夫なのかよ⁉

マジでノーモーションで食べたけど、味とか見た目とか平気なのか⁉

客席からも、これまでで最大のどよめきが上がる。

壇上の西園《にしぞの》さんも、本気で驚いたようで目を丸くしていた。

バリボリと音を立て、タガメを咀嚼《そしゃく》する暦美《こよみ》。

口元から若干覗《のぞ》いている、その細い脚……。

……絵面がすごい。

暦美《こよみ》が虫を食べているという、その絵面がすごすぎる……。

客席の動揺をよそに、ごくりとタガメを飲み込むと暦美《こよみ》は口を開き――、

「ああ……独特の香りがしますね」

まずは端的に、そう言った。

「清涼感のある香り。フルーツ系、林檎《りんご》とか梨が近いかな……」

考えるような表情で、ぽろぽろと言葉を続ける暦美《こよみ》。

「タガメサイダーって聞いたことがありましたけど、なるほど、この香りを楽しむものなのかもですね。食感は、やっぱり固いですね。これは抵抗がある人も多いかも……」

……あれ？　まともだぞ……？

暦美《こよみ》のレビュー、僕の心配をよそに、めちゃくちゃ真っ当でまともだぞ……？

「身の部分は、やっぱり塩漬けになってるのかな、仄《ほの》かな塩味と……うん、やっぱりさっきの香りが強くします。全体的には、エスニックな珍味、って印象かも……」

「……おいおいおい！」

そのレビューに、西園《にしぞの》さんは満面の笑みになる。

「ちょっとやるじゃん、ｍｉｎａｓｅちゃん！　タガメ選んだのもそうだけど、レビューも完璧だよ！　完全に前の二人に勝ってるじゃん！」

――彼女の言う通りだった。

冷静かつ、味の想像できるレビューだった。

しかも、ちょっとだけどんな味なのか、試してみたくなるような表現の……。

……なんでこんなことができたんだ⁉

この状況で、どうして暦美《こよみ》はこんなレビューを……⁉

と、壇上の彼女を見て、

「……もしや！」

その様子に――僕は理解する。

――目の光が消えていた。

極度の緊張に晒《さら》され続けた結果――暦美《こよみ》の目から、光が完全に消えていた。

心ここにあらずというか、完全に『無』の状態。

ロボットみたいな無表情で、彼女はそこにいた……。

なるほど……。

心が――シャットダウンしている。

強いストレスに晒《さら》されて、防御反応で感覚がマヒしている！

だからこそ……タガメを前にしても動じなかった。それを臆することなく口に入れることができたってことか……！

レビューをできたのは、おそらく反射的な行動だったんだろう。

この状況に於《お》いて、暦《こよみ》美は自分が感じたことを、ただただ素直に言葉に出した――。

彼女の精神状況が、偶然にも大胆な行動とレビューを生み出した、というわけだ。

……多分。

「ということで、これは満場一致だよね！」

客席を振り替えし、西園《にしぞの》さんが言う。

「ライター対決、初戦はｍｉｎａｓｅちゃんの勝利です！　おめでとう、ｍｉｎａｓｅちゃん！」

会場に上がる盛大な拍手。

猫川《ねこかわ》さん、珠城《たまき》さんからも「すげーわマジ」「これは負けたね」なんて言葉が寄せられる。

そんな中、暦《こよみ》美は状況をわかっているのかいないのか、『無』の顔を一人貫いていた。

「よーし、じゃあ次の対決に移ろう！」

西園《にしぞの》さんの合図で、会場スタッフが次のお題の準備を始める。

「次こそは、先輩ライターの二人も頑張ってよね！　貫禄《かんろく》見せつけてあげちゃってよ！」

＊

続く『忖度《そんたく》しろ！　大御所ライターイラストレビュー』でも、暦美《こよみ》はまさかの活躍を見せていた。

どうやら、件《くだん》の大御所さんはなかなかの『画伯』だったらしい。

出されるイラスト全て独特で、何が描いてあるのかわからなくて……先輩ライターの二人も、非常に苦戦していた。

「――これは猫の絵ですね、いやあ素晴らしい！」

「いやこれ、ライオンとのことでしたよ」

「……そうライオン！　同じ猫科ってことでそう言ってみたわけですが……」

「――なるほど、これは明白に社会風刺の意味合いを孕《はら》んでいますね。労働者と資本家の対比が明らかです」

「いえ、これは今風の美少女二人組のイラストだそうです」

「……なるほど、大御所ともなると、美少女を描くだけで自然とそれ以上の何かが込められてしまうと……」

二人の苦しいレビューに、会場からも笑いの声が上がっていた。

ライターとしての実力を見せつけられたわけではないけれど、イベントとしてはこれで正解だろう。

汗をかきしどろもどろで話す二人の姿は、僕が見ていても純粋に面白かった。西園《にしぞの》さんも二人を追い詰めつつ、その顔は始終うれしそうだった。

そして――巡ってきた暦美《こよみ》の番。

「――ｍｉｎａｓｅちゃんのレビューするイラストは……これです！」

言って、スクリーンに次のイラストが表示される。

「さあ、ｍｉｎａｓｅちゃんはこれをどうレビューするのか！」

端的に言って――非常にコメントしづらいイラストだった。

中央に、一人の人がいるのはわかる。

けれど、その周囲に描かれた小物や謎の線……。それが何を意味しているのか、何を描いたものなのかがさっぱりわからない。

……どうするんだ？

これ、暦美《こよみ》はどうレビューするんだ、なんて思っていると――、

「……minaseちゃん⁉」

ステージ上の西園《にしぞの》さんが驚きの声を上げた。

「どうしたの⁉　急に……」

見れば……涙をこぼしていた。

暦美《こよみ》は、そのイラストを見ながら頬に一筋の涙を流していた。

「いえ……すみません、なんだか、自然と涙が出ちゃって」

指でそれを拭いながら、暦美《こよみ》は言う。

「なんでしょう……正直、細かいことはわからないんです。わたし、絵は詳しくなくて……。でもこう、張り詰めたものを緩めてくれる感じがあって。すみません、ステージ上なのに……」

──喝采が上がった。

その──見事なまでの「忖度《そんたく》」っぷりに、客席から喝采の声が上がった。

僕の席の周囲でも、客たちから賞賛の声が上がり始める。

「あの子、あんなことまでできるの⁉」

「いや演技力すご……」

「すげえわー、空気読めてる……」

さらには、ステージ上の西園《にしぞの》さんまで、

「マジでやるね、ｍｉｎａｓｅちゃん……」

　と、感服の表情を見せていた。

「まさか、そこまで忖度《そんたく》できるとは。恐ろしい新人が出てきちゃったよ、マジで……」

……いや、違うんじゃないか？

暦美《こよみ》のあの涙は……忖度《そんたく》とかじゃないんじゃないか？

多分……普通にマジで緊張していたからだ。

ギリギリまで張り詰めている中で、なんか抜けた感じのイラストが出てきたからほっとしただけ。安心して、涙がぽろっと出ただけなんじゃないか……？

……いや、わかんないけど。

確信は持てないけど、多分そんな感じなんじゃないかなと思います……。

「――ということで、もう文句なしでしょう！」

二つのレビュー対決が終わり、ステージ中央に立つ西園《にしぞの》さんが言う。

「今回の対決は――ｍｉｎａｓｅちゃんの圧勝です！　おめでとうｍｉｎａｓｅちゃん！」

「……ありがとうございます」

相変わらず硬い顔でそう言い、頭を下げる暦美《こよみ》。

僕はそれに、ほっとしていいのかどうなのか……いまいちわからなくて。

なんとも複雑な気分で、彼女の姿を客席から見守ったのだった――。

そして、イベントは進行し。

本日最後のメニュー、出演者と客席の質疑応答コーナーが始まった――。

＊

「――荻窪《おぎくぼ》から来ました、二斗千華《にとちか》と言います！」

元気な女の子だな、というのが第一印象だった。

「中学二年生です！」

イベントの終盤、観客がライターたちに直接質問をできるコーナーで。

いの一番に手を挙げ、西園《にしぞの》さんに指名されたのが彼女だった。

――実は、その女の子は会場でも最初から目立っていた。

二十代の観客が多い中、十代中盤に見えること。

壇上で行われるトークを、誰よりも楽しそうに聞いていたこと。

「なんかすげえかわいい子いる」なんて、彼女のことを話している観客もいた。

そんな彼女、二斗《にと》さんはマイクを手に、

「わたし……ｍｉｎａｓｅさんの大ファンなんです！」

うれしさではち切れそうな声でそう言った。

「memoができてすぐの頃から、ずっと読んでるんですけど……お薦めの音楽や本は全部チェックしました！　誇張とかじゃなく本当に全部！　あんまりそれまでは、こだわらずに流行《はや》ってるものばかり追ってたんですけどね……。でも、minaseさんのおかげで、見えてる世界が広がりました！」

……ほう！　なるほど！

暦美《こよみ》のmemoが、この子がそういう世界に足を踏み入れるきっかけになったんだな！

こういうの、書き手としてはうれしいんだろうなと思う。

自分の好きなものを広めていくのが、きっと暦美《こよみ》の目的の一つだっただろう。

まさにそうやって影響を受けた人が、自分の目の前に現れる。

それはある種、ライター冥利《みょうり》に尽きるというものだろう。

自分自身に起きたことでもないのに、僕はなんだかじんわりとうれしくなってしまう……。

そして暦美《こよみ》も、

「……ありがとうございます」

ようやくその顔の緊張をわずかに緩め。

うれしそうに口元をほころばせ、その二斗《にと》さんに言葉を返した。

「そう言ってもらえるの、とてもうれしいです。文章を書くのは大変なことも多いけど、やってきた甲斐《かい》がありました」

漂うハッピーな雰囲気に、客席から拍手が上がった。

「おいおい良《い》い話だな」

と西園《にしぞの》さんも笑っている。

「こんなん初っぱな持ってこられたら、このあと質問する人ハードル上がるじゃん」

客席から上がる笑い声。

それを聞きながら……なんとかなりそうだな、と胸をなで下ろす。

イベント開始から、ずっとハラハラしていた。

暦美《こよみ》がステージ上で大失敗。そして僕もけんか中で助けに入れず。イベントは微妙な空気になって……なんて流れになるのを危惧していた。

けど……うん。杞憂《きゆう》だった。

ライター対決は、偶然にも暦美《こよみ》の緊張と企画が噛《か》み合《あ》って無事終わらせることができたし。

この質問コーナーもそれまでの流れで、和気藹々《わきあいあい》と進行していきそうだ。

ならもう……普通に楽しもう。

一観客として、このイベントを密《ひそ》かに楽しんでしまおう！

――なんて思ったのに、

「それから、実はちょっと……聞きたいことがあって」

二斗《にと》さんが続けた質問で、流れが大きく変わってしまう――。

「その……彼氏さんのことなんですけど！」

「……」

――ビシッ！　と。

音が立ちそうなほどの速度で、暦美《こよみ》の表情が固まった。

西園《にしぞの》さんも言及していた彼氏の存在……つまりは、僕のことだ。

「とっても気になるんですけど、どんな人ですか⁉」

まったく悪気はないんだろう。

二斗《にと》さんは目をキラキラさせて暦美《こよみ》に尋ねる。

「かっこいいのかなー……ｍｉｎａｓｅさん美人ですし、絶対イケメンですよね！　それに、きっと優しくてセンスいい人なんだろうなと思ってるんですけど、実際はどうですか⁉　あ、もしかして、今日この客席の中にいたりして……」

――本当に、ただの恋バナのつもりなんだろう。

憧れのライターの彼氏が、どういう人なのか知りたいだけ。

女子中学生らしく、はしゃいじゃってるだけなんだ……。

けれど……、

「……」

暦美《こよみ》は酷《ひど》く硬い顔で。

口を真一文字に閉じて固まっている……。

「……minaseさん？」

——そりゃ、そんな反応になるだろう。

あいにく今、僕らは険悪な雰囲気で。

そんな状況で、この二斗《にと》さんにどう答えればいいのか……。

「……大丈夫、ですか？」

さすがに不安になったらしい。二斗《にと》さんが、探るような口調で暦美《こよみ》に言う。

西園《にしぞの》さんも「どうした？」みたいな顔で暦美《こよみ》の様子を窺っている。

そこで、ようやく我に返ったのか——、

「……あ、ああ。すみません」

彼女が口を開いた。

「えっと、あー……彼氏、ですよね。高校の同級生で……うん、イケメン、なのかな。とてもかわいい顔立ちの男の子です……」

「へーかわいい系！　いいですよね、かわいい男の子も！」

「ええ……中身はしっかりしてるんですが……」

「え！　そんなの完璧男子じゃないですか！」

「……かもですね」

うなずいて、一層暦美《こよみ》の表情が曇る。

今の彼女は、彼氏について何を言われたって気分が落ち込むだけだろう。

「センスも……うん、わたしに近いところがあるので、memoも見てくれていて……」

「えー！　じゃあ今日絶対ここにいるでしょ！」

言うと——喜色満面。

二斗《にと》さんは、会場中に視線を巡らせ始める。

「誰かなー！　かわいい系で中身はしっかりでしょ⁉　となると……」

大きな丸い目が、四方八方に向けられる。

反射的に——僕は身を縮め、彼女の方から顔を背けた。

さすがに今、見つかるわけにはいかない。僕らはけんか中で、しかも「絶対イベント見に行かない」なんて宣言したわけで。ここで見つかったら、さすがに居心地が悪すぎる……。

けれど。

「……今日は、いません」

暦美《こよみ》が——ぽろりとこぼすように言う。

「今日は、彼は来ていません……」

「えー。なんでですか？　受験勉強とか、バイトとか？」

無邪気すぎる、二斗《にと》さんの質問。

ぎくりとする僕の前で、その存在に気付いていない暦美《こよみ》は――、

「……けんか、してるんで」

――消え入りそうな声で、そう言った。

「ちょっと前にけんかして、今日は来ないって言ってました……」

シン――と、会場が静まりかえった。

それまでの明るい雰囲気がウソだったように、重くなった空気。

この展開に、さすがの西園《にしぞの》さんも口を出せない様子でいる。

そして僕も――テンパっていた。

全身に大汗をかき、めちゃくちゃに混乱していた。

まさか暦美《こよみ》……そんなにストレートに言うなんて！

適当に何か言い訳して、今日は来れなかったって言うだけでいいのに……！

なんでそんな、気まずくなるだけの事実をぽろっと言っちゃうんだよ！

「……あ、あははは」

さすがにまずいと思ったのか、二斗《にと》さんが乾いた笑い声を上げた。

「そ、そうだったんだ……ごめんなさい！　でも、きっと大丈夫ですよね！　けんかするほど仲が良《い》いとも言いますし、きっとすぐに仲直りできますよね！」

「……どうでしょうね」

にこりともしないまま、暦美《こよみ》は答える。

酷《ひど》く低い声のトーンのまま。

「原因はわたしのわがままですし……ちょっともう、ダメかもしれないですね。振られるかもしれないです……」

……だから！　なんでそんな暗いことをわざわざ言うんだよ！

ほら見ろ、会場お通夜《つや》みたいな空気になってるぞ！

どうするんだこれ！　せっかくここまで大盛り上がりだったのに……！

……なんて思うけれど。

あまりに率直な暦美《こよみ》に、頭の中で突っ込みを入れまくっていたけれど。

……僕のせいでも、あるんだよな。

僕が暦美《こよみ》にきつく言い返して、けんかになってしまった。

あのとき僕が彼女を許せていたら、こんな風になることもなかったんだ……。

――だとしたら。

暦美《こよみ》を悲しませ、観客みんなを困らせてるのが僕なのだとしたら。

やるべきことは――一つだけだろう。

手元のカップ、氷の溶けた水を一気に飲み込む。

そして、覚悟を決めると――、

「――います！」

席を立ち――僕は大きな声を上げた。

「あーどうも！　ｍｉｎａｓｅの彼氏の矢野《やの》です！　すいません来てます！」

――全員の目が、こちらを向いた。

西園《にしぞの》さん、ライターの二人。

質問をしていた二斗《にと》さん、客席にいる百人近い客。

そして――暦美《こよみ》。壇上で、目を丸くしてこちらを見ている彼女――。

僕は、暦美《こよみ》に笑ってみせると、

「――ちゃんと見てるから！」

はっきりした声で、そう言った。

「見に来たし、ずっと見守ってたから……頑張れ、ｍｉｎａｓｅ！」

彼女はしばし目をぱちくりし。

泣きそうな顔で短く唇を噛《か》んでから、

「……そう、だったの」

ようやく口元を緩めて、そう言った。

「ありがと、来てくれて……」

「いや、ごめんこっちこそ。こんなにこっそりになっちゃって」

「ううん、いいよ……うれしい」

「……おいおいおーい！」

それまで黙っていた西園《にしぞの》さんが——そんな声を上げた。

「何これ、どうなってんの⁉　minaseちゃん、この男子がマジで彼氏？」

「ええ、そうですね……」

「本当にけんかしてて、来ないはずだったの？」

「はい……でもうん、見ててくれたみたいでした。よかった……」

「……もー、勘弁してよー！」

参った参った！　と額に手を当て。

でも、どこかうれしそうな笑みを顔に浮かべ、西園《にしぞの》さんは言う。

「何これ！　わたしのイベント使って、仲直りしちゃった⁉　良《い》い度胸してるねー、初の出演で彼氏といちゃつくとか！」

「い、いちゃつく⁉」

暦美《こよみ》は血相を変え、首をブンブン振る。

「わたし、そんなつもりじゃ……！　あの、その……！」

「あーもういいのいいの！　客席も、みんななんだかんだ面白がってたし。そうでしょう？」

その問いかけに——観客席から声援が上がる。

「——見せつけやがって！」

「——お幸せに！」

なんてはやし立てる声や、拍手をする音。

西園《にしぞの》さんは、満足そうに客席に目をやり、

「ほら、こういうハプニングはつきものだからさ、イベントって！　みんな慣れてんのよ。だからまあ、堂々としててよ、ｍｉｎａｓｅちゃん」

「わ、わかりました……」

「けど、その代わり……」

と、西園《にしぞの》さんは不敵な笑みを浮かべると——、

「これからも、ｍｉｎａｓｅちゃんには定期的にこのイベントに出てもらうから。色んな無茶な挑戦してもらうから、覚悟しておいてね！」

その言葉に——目を丸くしてから。

困ったように笑うと、暦美《こよみ》はうなずいたのだった。

「はい……よろしくお願いします！」

*

そんなこんなで——その日のイベントは大盛況のうちに終了。

以降、西園《にしぞの》さんの言う通り、暦美《こよみ》は毎月のようにイベントに呼ばれることになった。

西園《にしぞの》さんとも一層親密になり、師匠と弟子、みたいな関係に。

大学時代には、彼女の発案で『インテグレート・マグ』というグループを立ち上げることにさえなった。

それをきっかけとした、二斗千華《にとちか》さんとの再会。

そこから始まる、たくさんの出来事。

そんな日々もまた、高校時代のように慌ただしいものだったのだけど……それはまた、僕らの物語とは別のお話。

第五話
Chapter5
【受験の日】

B i z a r r e　L o v e　T r i a n g l e

三角の距離は限りないゼロ

1、朝——水瀬《みなせ》暦美《こよみ》

東京の冬はとてもきれい。

柔らかい日差しがそこかしこで銀色に煌《きら》めく。

足下の落ち葉も街行く人々も、空の色さえもどこか落ち着いた色合いだ。

吸い込んだ空気はツンとした寒さの匂いがして、わたしは浮かぶ雲をぼんやり見上げた。

地元、北海道の冬だってもちろん好きなんだ。

雪に閉ざされた真っ白の街。運河沿いを照らす青い光たち。

今でも目を閉じれば、そんな景色が脳裏に浮かぶ。

それでも——この街の二月はどこか人に寄り添うような、人なつっこい気配がある気がして。

今日という日を、東京で迎えられてよかったなと思う。

「いよいよだね」

都内、某私立大学のキャンパスにて。

わたしは隣を歩く矢野《やの》くんに言う。

「わたしたちにとっての、本番の日……」

「だな」

彼ははっきりとした声で言って、うなずいてみせる。

「今から半日で、今後の人生結構決まるんだな。不思議な感覚だよ……」

長い長い受験勉強の期間を終えて。わたしたちは、ついに試験期間に突入していた。

いくつかの大学の入試を受け、手応えに一喜一憂する毎日。

そして今日は——その最終日。

わたしと矢野《やの》くんの第一志望である大学の、受験当日だった。

比較的勉強が好きなわたしとしても、この一年はなかなかに大変だった。

繰り返す日々の孤独な積み上げと、定期的に訪れる模試。

やっぱり波はあってうまくいく時期、うまくいかない時期が出てくるから、気持ちを強く持ち続けるのも一苦労だった。

正直今日も、自信と不安の間で気持ちが揺れ動いている。

模試の結果を見れば、受かる可能性は低くないという事実と、ちょっと調子を崩せば簡単に落ちてしまうという現実。

そんな危ういバランスに、自分の人生がかかっているという緊張感。

だから今日、隣に矢野《やの》くんがいてくれてよかったなと改めて思う。

「……ここだな」

少し歩いて、目的の校舎にたどり着いた。

「三号館……うん、間違いない」

言って、その建物を見上げる。

百五十年近く前に創立されたこの大学。この校舎も、きっと戦前に建てられたんだろう。歴史の教科書に出てきそうな物々しい外観は、春頃に矢野《やの》くんと行った国立科学博物館を思わせる。

わたしと矢野《やの》くん、試験会場は別の教室になる。

だから——ここで一旦お別れだ。

「じゃあ……頑張ろうな」

「うん、一緒に受かろう」

「またあとで」

「じゃあね」

言い合って、わたしたちはそれぞれの教室へ向かう。

少し歩いてから振り返ると、矢野《やの》くんの背中がもうずいぶん遠ざかっていて……わたしは、自分が酷《ひど》く緊張し始めたのに気付く。

——指定された試験会場。

校舎の二階にある教室は、すでに受験生たちで埋まりつつあった。

見ず知らずの同世代の、あるいは少し年上の若者たち。

きっと、わたしと同じように十分に準備をして、今日を迎えたんだろう。

全員が同じ試練に挑む仲間に思えて、それと同時に簡単には倒せない強敵にも見えて、わたしはごくりと息を呑《の》んだ。

指定の席を見つけて腰掛ける。

窓際《まどぎわ》の、キャンパスの景色が見える席。

すぐそばにラジエーターがあって、寒い日だけれど十分に温かい。

受験票を指定された場所に置き、しばらく深呼吸していると——試験監督だろう、この大学の生徒らしい若者が壇上に立つ。

挨拶と説明があって、試験の問題用紙と解答用紙が配られる。

一時限目は英語だ。

大丈夫、現代文に続いて得意な科目だから、問題なくこなせるはず。

そして、空気が一気に張り詰める中。

「それでは——試験開始です」

——チャイムが鳴り、受験生全員が問題用紙をめくる。

目の前に現れる、今年の試験問題たち。

ついに、戦いが始まった。

わたしは息を吸い、さっそく問題文に目をやると——猛然とそれを解き始めた。

「……」


順番に、目の前の問題を片付けていく。単語問題や短文の設問を、短い時間で切り伏せる。

大丈夫だ。過去問は十年分くらいやってある。

傾向は変わらないようだから、問題なくクリアできるはず……。

実際、難易度は想定の範囲内。

満点ではないかもしれないけれど、確実に合格ラインは越えていけそうだ。

そして……試験開始から数十分。

全体のちょうど真ん中辺りにある、英文の読解問題。

一度一息つき、その文章を冒頭から少し読んだところで——、

「……」

——わたしはぴしりと固まった。

あれ……難しい。

この部分、明らかに例文がこれまでの過去問より難しい……。

見慣れない単語。複雑な構造。

itが何を指しているのかわからない。

接続詞がどこまでを繋《つな》いでいるのかがわからない——。

——頭の中で、訳せない。

そう自覚すると——心臓がギグリと高鳴った。
背中に汗が滲《にじ》んで、徐々に呼吸が浅くなる。
「……っ……！」
ひとまず先に進もう。慌てて次の文に目をやる。
こっちは一文目よりは簡単だ。単語も構造も理解できる。
なのに——、
なぜか意味が頭に入ってこない。目が文字の上を滑って、きちんと読み下せない——。
「……くっ！」
——ヤバいかも。
頭の片隅で……はっきりそう自覚してしまった。
それをきっかけに——一気に調子が崩れた。
心臓が酷《ひど》く高鳴る。手に汗がにじみ出す。額が熱を帯びていく。
そして……これまで解いた問題さえ、本当にそれでよかったのか不安になる——。
……どうしよう、このままじゃダメだ。
浮つく気持ちに、思わず唇を噛《か》んだ。
なんとか、なんとかして気持ちを持ち直さないと……。
無理にでも深呼吸しようと、一度大きく息を吸う。

消しゴムが肘に当たって、机から落ちかける。慌てて手を伸ばし、すんでのところでそれをキャッチ。ほっと一息をついた——そんなときだった。

足先に、何かが当たった。

——鞄《かばん》だ。今日の荷物をまとめて入れてある、大きめのリュック。

ふとその中に、お守りがあるのを思い出す。

先月の初詣で、矢野《やの》くんとおそろいで買った学業成就《じょうじゅ》のお守りが——。

——矢野《やの》くんも、戦っている。

ふいに——そう実感した。

彼だって、この建物のどこかの教室で、わたしと同じ問題を前に戦っている。

もしかしたら、まったく同じ英文に戸惑っているかもしれない。

同じように、訳せない文章に焦《あせ》っているかもしれない……。

——わたしは一人じゃないんだ。

秋玻《あきは》、春珂《はるか》のことも思い出す。

わたしが二人に分かれて、くるくると入れ替わりながら毎日を過ごしていた頃のこと。

……あの頃の心強さは、ずいぶんと遠くなったけれど。

「あの子がいる」といううれしさは薄れてしまったけれど——今だって、間違いなく二人はわたしの中にいる。秋玻《あきは》と春珂《はるか》は、お互いがお互いを励ましあいながらここにいるんだ。

だから――、
「……ふう」
――大きく息を吐いて、もう一度試験に向かい合う。
冷静に考えれば、こういうときの対処法だってきちんとわかっている。
まずは文章の構造を把握して、細かい単語の意味合いは後回し。
そうすれば、問題自体は解けるはず……。
目をやると、問題用紙に載っている英文はさっきよりも易しく見えて、
「……」
うん、いける。
わたしは、胸に温かい自信が宿ったのを感じる。
鉛筆を握り直すと背筋を伸ばし。わたしは改めてその問題と向かい合った――。

2、昼休憩――須藤《すどう》伊津佳《いつか》

「――いやあああ、どうなんだあ……？」

そんなことを呻《うめ》きながら、わたしは頭を抱えてしまった。

自宅の近くにある女子大。そのキャンパス内にある、噴水の前で。

わたくし須藤伊津佳《すどういつか》は──思わぬ『疎外感』に頭を抱えていた。

同じ受験生だろう。そばのベンチでお弁当を食べようとしていた女の子たちが、驚いた様子でこっちを見る。怪訝《けげん》そうな表情で、友達とひそひそ話を始める。

……ごめんね、びっくりさせて。

そりゃ、驚くよね。

こんながさつそうな女子が呻《うめ》いてたら……。

皆さんみたいな……お嬢様っぽくも、お金持ちっぽくもない女子が悶《もだ》えてたら。

「……はあ」

──なんか、お上品だった。

こうして訪れた第一志望の大学。

そのキャンパスや受験生のみんなは……思わず目を見張るほどに『お嬢様』な感じだった。

そんな中、カジュアルなタイプのわたしは完全にアウェイ。

試験はそこそこちゃんと解けたのに、「ここにいていいいんですかね……」と思うほど場違いなオーラを放ってしまっていた。

「……ふう」

もう一度ため息をつき、わたしは持ってきたリュックの中を漁《あさ》る。

取り出したのは、お母さんが作ってくれたドデカおにぎりだ。

試験中パワーが出るようにと握ってくれた、ボリュームたっぷりのお弁当。

おかずに唐揚げやプチトマトなんかも添えられている。

それでも、

「……食欲湧かない」

どうしても食べる気になれなくて。

「食べれないよ、こんなの……」

いつもみたいにがっつく気になれなくて、わたしは頬杖《ほおづえ》をつきキャンパス内を見回す。

——ずっと、先生になりたかった。

子供たちに勉強を教えながら楽しく暮らす、教師っていう仕事をしてみたかった。

結構わたしに合いそうだと思わない？

子供には好かれるタイプだし。わたしも子供は大好き。

一緒になって本気で遊べると思うし、叱るべきときにはちゃんと叱ることもできるだろうし思う。

受験期間に入る前。真剣に考えて、目指すは幼稚園、小学校の先生のどちらかに決めた。

その前提で志望大学を探して、第一志望に選んだのがここ。西荻窪《にしおぎくぼ》にある、老舗の私立女子大学だ。

教育学部が人気なことと、キャンパスにチャペルとかがあって素敵なこと。

それから、自分の偏差値でなんとか狙えるレベルってこともあって「絶対ここにいきたい！」と必死で勉強してきた。実家から通えて楽だしね。

なのに……この雰囲気である。

わたしという存在があまりにも似合わない、おハイソな雰囲気である。

ぶっちゃけ、割と居心地が悪い。歓迎されていない気がしてしまう……。

「ううう……」

というわけで、わたしは一人で精神的ダメージを受けていた。

予想外に深刻なレベルで、動揺してしまっているのだった。

あーこれしんどいなー。普段だったら矢野《やの》とか修司《しゅうじ》あたりに泣きつくのに。

向こうが困っちゃうくらい大騒ぎして、苦しさを紛らわせるんだけどなあ……。

「……うう」

考えながら——わたしはスマホを鞄《かばん》から取り出す。

切っていた電源を入れ、通知を確認する。

タイミングよく友達からメッセージが来てたりしないかな、と思うけどそんなこともなく。

届いていたのはファストフード店のＤＭだけだった。

「……ふむ」

……なら、自分から送ろうか。誰かに愚痴って、相手をしてもらおうか。

誰がいいだろう。矢野《やの》？　細野《ほその》？　暦美《こよみ》？　トッキーって手もあるか。

でも……うん、正直一番の適任は、修司《しゅうじ》だろう。

細野《ほその》と同じく長い付き合いで、メンタル的には一番落ち着いている修司《しゅうじ》。

ただ……ほんのわずかに抵抗も覚える。

彼を、そんな風に頼っていいのかわからない。

──修司《しゅうじ》に告られてから、そろそろ二年近く経《た》つ。

わたしがそれを断ってしまってから、二年。

普段の生活の中では、もうそんな過去を思い出すこともない。

普通の友達同士として接しているし、向こうもそこまで未練を感じていたりもしないんじゃないかな。

それでも……こういうときは、ちょっとためらってしまう。

彼にだけ、特別な感じで寄りかかっちゃうのってありなんだろうか？

二年前とは言え、振っちゃったわけだし……そういうのはずるいんじゃない？

そんな風に、今でもわたしは当時のことをほんの少しだけ引きずっている。

「……いや、でももう耐えられない！　本当に限界なんだよ……！」

わたしは大きく息を吸うと、

いつか『午前の試験おわった』
いつか『周りお嬢様ばっかりでヤバい』
いつか『割と凹《へこ》む』

と、祈るような気持ちで彼にメッセージを送った。

もちろん…… 修司《しゆうじ》には日常的にメッセージを送っている。

みんなとの待ち合わせの連絡やもっと下らない雑談。

グループでのチャットを含めれば、一日に一回以上はやりとりをしているかも。

それでも……こういうメッセージを送るのは久しぶりで。

個人的な弱みを見せるような話を彼だけに送るのは、告られて以来初めてで——メッセージが既読になる前に、わたしは慌ててスマホをポケットにしまった。

まあ、修司《しゆうじ》も忙しい時期だろうしね！

きっと、返事がすぐに来ることはないでしょう！

送りたかっただけ、ちょっと愚痴りたかっただけなんだ。

だからそれが済んだ今、少しずつでも午後の試験の準備を始めないと——、

「──うわあ！」

──スマホが震えた。

ズボンのポケットにしまったスマホが、何度か震えた。

この短さはメッセージ。思わず大きな声を出してしまった。

スマホを引っ張り出してみると、通知欄に表示された彼の名前と返信メッセージ。

シュウジ『今日第一志望だっけ。お疲れ』

──なんてことのない文章だ。

肩の力の入っていない、普段通りの気づかいの文章。

さらに、

シュウジ『どうした。らしくないじゃん』

シュウジ『大丈夫でしょ、みんな多分いい人だよ』

シュウジ『余裕できたら声かけてみな』

……そんな文章が、今のわたしには酷《ひど》く染《し》みて。

そうだよね、こういうときに誰かに声をかけるのがわたしだよね、と思い出せて。

「そっか……うん、よし！」

わたしはスマホのロックを解除して、返信を入力する。

そしてその反対の手で鞄《かばん》をまさぐると——お母さんの、ドデカおにぎりを手にした。

まずは腹ごしらえして、態勢を整え直そう！

それで、時間ができたら……と、わたしは周囲を見回す。

あちこちのベンチでお昼を食べている、同世代の女の子たち。

そろって身なりは良《い》いんだけど、緊張してそうな子や余裕そうな子、友達と話している子など人それぞれだ。

……話しかけてみようかな、と思う。

例えば、あそこの緊張丸出しで、辛《つら》そうな顔をしている子。

あの子に、ちょっと声でもかけてみようかなと思う——。

3、午後の試験——広尾《ひろお》修司《しゅうじ》

——楽勝だ。

それが──正直な感想だった。

鉛筆を解答用紙に走らせながら、快感さえ覚えていた。

問題がすらすら解ける。それが正解だという確信もある。

さらには、難しいと感じた問題。答えに詰まった問題にさえ──俺は自信を感じていた。

こんなにも勉強した、準備をしてきた俺が解けない問題。

なら──この場にいる、他の誰にだって解けるはずがない。

だから、例えば仮に俺の解答が不正解でも、結果は変わらない。

俺が合格するのは──間違いない。

「……」

ちらりと受験票を見る。

そこに印刷された広尾《ひろお》修司《しゅうじ》の名前と、見慣れた自分の顔写真。

身に纏《まと》っているのは、こちらも見慣れた宮前《みやまえ》高校の制服だった──。

2-1-1 大気中にある風力発電施設について考える。(図1)参照。施設は円筒形の基部と三枚の羽根がブレードで構成され、高さ40m。600kWの定格出力の──

問題文に意識を戻しつつ、脳裏にはこの三年間のことが巡っていた。

――実は、高校生活には悔いがある。

悪い日々ではなかったと思うんだ。

友人たちに囲まれて過ごす、充実した毎日。

お互いの人生に関わるような大きな出来事に直面することもあった。

いつかあの日々を「青春だったな」なんて思い出すんだろうと思う。

ただ……その主役は、いつも俺の友人たちだった。

自分の好きな小説。その主人公のモデルである、柊《ひいらぎ》時子《ときこ》さんと出会った細野《ほその》。

強いストレスに晒《さら》された結果、人格が二つに分かれてしまった水瀬《みなせ》さん。

生まれた二つの人格、秋玻《あきは》ちゃん、春珂《はるか》ちゃんとの三角関係に悩んだ矢野《やの》。

もちろん俺も、友人として彼らの悩みの力になれるよう頑張ったつもりだ。

ほんの少しだけれど、好影響を与えた自負もある。

けれど……俺自身はどうだっただろう。

もちろん、まったく何もなかったわけじゃない。

告白されたこともあれば、告白したこともあった。

けれど、どちらも実ることはなく。はっきり言ってしまえば……俺はどこか、傍観者のような立ち位置で高校生活を過ごしてしまった。

うん、間違いない。

俺の高校時代は、良く言ってバイプレイヤーを演じるだけで終わってしまった。
なぜなのか――。

2-1-6 風力発電施設と周囲の大気塊を一つの系とみなすとき、状態Aから状態Bを経由し、状態Cへの変化に伴う内部エネルギー、位置エネルギー、エントロピーの変化を――

結局のところ、必死になれなかったんだ。

いいやつであろうとして、大人であろうとして、自分の強い気持ちに従うことができなかった。どこかで自分をセーブして、あるべき自分にあろうとしてしまっていた。

だから――と。

解答用紙の上で鉛筆を踊らせ。山のように積み重なった問題たちをみるみる溶かしながら、俺はこの一年を思い出す――。

受験勉強には、最初から本気で取り組んだ。

周囲がまだ進路を決めきれていない時期も、たまの休みでだらける時期も、俺だけはひとときも気持ちを緩めることがなかった。

その結果が、これだ。

どうやら俺は、幸い勉強が得意な方だったらしい。

けど、これだって結局入り口に過ぎないんだ。

大学に入っても、俺はこの熱量を失わずに日々を過ごそうと思っている。

そして——卒業後は。父親のように、自分で企業を立ち上げるつもりだ。

そのためにも、バイプレイヤーである自分にはさよならしなければいけない。

その前哨戦《ぜんしょうせん》として。このまま、フルスロットルで入試を駆け抜けてしまおう。

俺も今度は——矢野《やの》や細野《ほその》。秋玻《あきは》ちゃんや春珂《はるか》ちゃん、柊《ひいらぎ》さんのように輝きたい——。

ただ、

「……」

考えていると、ふと目に入った。

俺の前の席に座る受験生。

苦戦しているんだろう、時折酷《ひど》く焦《あせ》った様子で髪を掻《か》く、その後ろ姿——。

……なんとなく、先日。試験中の須藤《すどう》から来たメールを思い出す。

優しさは、失わないでいようと思う。

高校で出会った大切な友人たち、彼らの隣にいるのがふさわしい自分であり続けられるよう、
周囲にもきちんと目を向けられる自分であろうと思う。

だから……心の中で、俺は願う。

前の席の人、まずは落ち着いて頑張ろうぜ。

ここは俺たちの晴れ舞台だ。

同じ受験生同士、これまで積み上げてきたものを全力でぶつけてやろうぜ――。

4、試験終了―― 柊《ひいらぎ》 時子《ときこ》

「――試験終了です」

校舎にチャイムの音が響き、試験官の人がそんな声を上げました。

「筆記用具を机に置き、解答用紙を順番に前に送ってください――」

――ふう。

と、深い息が唇からこぼれます。

解答用紙をまとめ、前の人に渡し――窓の外に目をやると。

狭い平地に広がる市街地とその向こう、濃い緑に覆われた山々が見えました。

歴史を感じさせる低い建物たち。

山肌を覆う広葉樹の葉と、合間から覗《のぞ》く岩肌。

しばしそれに目を奪われてから……試験官の合図で、『柊《ひいらぎ》 時子《ときこ》』の名が書かれた受験票を回収。席を立ち教室を出ます。

これにて、この大学の受験は全て終了。

今日のところはここ、飛騨高山《ひだたかやま》に一泊して明日東京に帰る予定です。

「……ん」

校舎を出て、わたしは大きく伸びをしました。

空気の味が、はっきりと地元とは違うような気がします。

新鮮というか栄養素が多いというか、多分気のせいなんでしょうけど……。

ただ、この広さと長閑《のどか》な住宅街を見ていると、そんな気分にもなるんです――。


――わたし、柊《ひいらぎ》時子《ときこ》は、高校を出たら東京を離れることにしました。

ここ、岐阜県高山《たかやま》市にある県立大学に入学するためです。

その県立大学は――作家である姉、柊《ひいらぎ》ところが通っていた大学でもあります。

彼女から大学生活の楽しさを聞いていたわたしは、自然とここへの進学を志すようになっていました。

古い寮で怪しい仲間と過ごす日常。

学校でおじいちゃん先生から学ぶ民俗学。

今もそういうものに対する憧れがこの胸にあって、まだ入学だって決まっていないのに気持ちがふわりと浮き上がってしまいます。

試験の手応えはありました。

よっぽどの考え違いをしていなければ、きっとわたしは受かるでしょう。

だとすれば、数ヶ月後にはわたしはこの街で暮らすことになります。

生まれ育った西荻窪《にしおぎくぼ》とは違う空気に、穏やかでどこか警戒心の薄い街並みに、期待は無尽蔵に膨らんでいきます。

……ただ。

「……んー」

もちろん、気がかりだってありました。

十八年間実家暮らしだったわたしが、いきなり一人暮らしなんてできるのか。

慣れない土地で、周囲の人とうまくやっていけるのか。

高校とは勝手が違うだろう大学の講義に、ちゃんとついていけるのか。

そして何より——細野《ほその》くん。

東京に置いていってしまう、遠距離恋愛になってしまう彼氏……細野《ほその》くんのことが気にかかっていました。

「もちろん、応援するよ」

岐阜への進学を相談した際。細野《ほその》くんは、当たり前のようにそう言ってくれました。

「時子《ときこ》がそうしたいんだろ？　だったら俺も、応援するに決まってるだろ」

「ありがとう……」

うなずきつつも、わたしの中で不安は消えません。

「……でも、大丈夫？　遠距離ってことになっちゃうけど……」

「大丈夫だって」

そんなわたしの言葉にも、彼は笑顔でうなずいてくれました。

「俺の気持ちは、四年くらいじゃ変わらないよ。ときどき会いにも行くからさ」

彼のその優しさ、気づかいのおかげでわたしはきちんと受験勉強に没頭し、実際の試験にも全力で向かうことができたのでした。

――それでも。

「……本当に、よかったのかな」

ホテルへ向かう道すがら。

懐《なつ》かしい匂いのする街を歩きながら、ふいにわたしは淡い後悔を抱いてしまうのです。

「本当に、こうするのが正解だったのかな……」

例えば――わたしが都内の大学に進学していたら。

実家から大学に通う毎日で、細野《ほその》くんのそばに居続けられるとしたら……。

それはそれで、とても幸福な大学時代になると思うんです。

むしろ、こんな風に挑戦するよりもずっと確実に、良《い》い大学生活を過ごせるのだろうと思います。細野《ほその》くんだけじゃありません。他の友達ともこれまで通り交流できるわけで、そんなの、楽しくないはずがなくて……。

「……そっちも、ありだったのかも」

じゃあ……わたしはそれ以上に大切なものを、この飛驒高山《ひだたかやま》で手に入れることができるんでしょうか。魅力的な恋人、友達といては得られないものを、ここで得られるのでしょうか……。

わからない。

実家から出たことのないわたしには、そんなこともわからないんです。

なのに、すでにわたしは未来を決めてしまった――。

「……はあ」

見上げた空は、白にも近い水色でした。

どこかでたき火でもしているのか、木の燃える匂いがします。

視界の隅を二羽《わ》、見たことのない種類の鳥が飛んでいきました。

地方の空は東京よりも広いと聞いていたけれど、実際こうしてみると目の前に広がる空間は予想以上に広大で。わたしは、自分がどこに立っているのかさえ見失いそうになります。

そんなわたしが、本当に地元を離れて大丈夫なの……？

「……そう言えば」

と、ふいに思い出されることがありました。

　あれは、一年近く前。暦美《こよみ》ちゃんが、西荻窪《にしおぎくぼ》に帰ってきたあと。

　偶然学校で二人きりになったタイミングで、話したときのこと。

　確か、雨続きのあとよく晴れた日で、虹でも出そうだななんて思っていたタイミングで、

「……北海道にいるときね」

　校舎の渡り廊下から空を見上げ、暦美《こよみ》ちゃんは言いました。

「検査がまだ続いてて、西荻《にしおぎ》に帰って来れなかった頃。よくこうやって、ぼんやり空を見上げたんだあ」

「……へえ」

　そのときの彼女の姿を思い浮かべながら。

　宇田路《うたろ》の街で、青空に目をやる彼女を想像しながらわたしはうなずきました。

「北海道の空、きれいだもんね。ずっと見ていたくなるのもわかるよ……」

「でしょ？　それにさ」

　と、彼女は顔をこちらに向けて、

「東京に繋《つな》がってるんだな、って思って」

「……繋《つな》がってる？」

「うん、この広い空のずっと向こうに、時子《ときこ》ちゃんや矢野《やの》くんや、大切な友達たちの暮らしてる東京があるんだって……」

そのときの空を思い出すように、暦美《こよみ》ちゃんは目を細めました。

「だからそこに浮かんでいる雲は、東京に雨を降らせたのかもしれない。西荻《にしおぎ》の街を濡《ぬ》らした
あと、ここまで流れてきたのかもしれない……。そう思ったら、なんだか心強い気がしたんだ。

遠くに離れてるけれど、きっとわたしたちは繋《つな》がっている。そのおかげで、寂しくてしょうが
なかったあの期間を乗り越えられたのかも……」

——そんな会話を思い出しながら。

ホテルへの道を歩きながら、わたしはもう一度空を見上げました。

浮かんでいるいくつかの薄い雲。

西からの風に煽《あお》られて、ゆっくりと東へ流れるそれ……。

……もしかしたらあの雲も、いつか東京の空に流れ着くのかもしれません。今はまだ小さく
て薄い雲だけど、一度海へ出て分厚く大きくなり、東京に雨を降らせるのかも……。

……そんな風に思うと、確かに空は繋《つな》がっているんだな、と思えて。

離れていても、きっとわたしたちは大丈夫なんだろう、という気がして、

「……よし」

リュックを背負い直すと、わたしはホテルへの道を急いだのでした。

5、帰り道——細野《ほその》晃《あきら》

終わりました。
俺の人生は完璧に終わりました、ありがとうございました。
「……うあぁぁああ……」
俺、細野《ほその》晃《あきら》にとって今年最後の入試日。
大学のキャンパスを出ながら、一人で頭を抱えてしまった。
「まずい、これはまずいぞ……」
全然わからなかった……。
本日出された問題たちが、マジでびっくりするほど解けなかった……。
思わず、その場に崩れ落ちそうになる。
身体《からだ》が異常に重くて、もうそのままぶっ倒れて土に還《かえ》りたくなる。
けれど……他にも受験生がいる中、そんなことするわけにもいかない。
鉛みたいな身体《からだ》を引きずって、俺はじわじわと駅に向けて歩いていく——。
——そもそも、最初からなんだか噛《か》み合《あ》わなかったんだ。
三年生になった途端人生の進路を決めなきゃいけないという現実と、俺自身の感覚が。

どこの大学に行きたいだとかどんな仕事をしたいだとか、そういうことをそろそろ決めなきゃいけないのはわかる。頭では理解できている。

実際、俺の周りの友達は、ごくごく順調に将来を決めていっていた。

早めに私立大の文学部に通うことを決めた矢野《やの》、水瀬《みなせ》さん。

矢野《やの》は出版社で働きたいらしいし、水瀬《みなせ》さんはライターとしてすでに活動を始めているから納得だ。

修司《しゆうじ》は理系の国公立大でプログラミングとかを学び、須藤《すどう》は女子大で教育について学ぶ。

そして——恋人である時子《ときこ》は、なんと岐阜の大学に行く決心を固めていた。

……みんな、マジですごいと思う。

そういう選択をできたのは、自分の未来についてリアルに考えられていたからだろう。

そうじゃなきゃ、あれほどしっかり勉強をして、試験に備えられたはずがない。

けれど……俺は、なんかそうできなかった。

未来のことなんてわからなかったし、確固たる決意を持って進路を選ぶこともできなかった。

一応、親と話して都内の大学を受けることにはなったけれど……それだってなんとなくだ。

そうしたいっていう気持ちも現実味もなかったから、受験勉強だって中途半端《ちゆうとはんぱ》になってしまって……結果、このていたらく。

今まで受かった大学は一つもないし、最後の希望をかけた今日の試験もまず間違いなく落ちているだろう。
「――四番ホームから、総武線《そうぶ》三鷹《みたか》行きが発車します」
そんなアナウンスを聞きながら、ホームから列車に乗る。
見慣れた総武線《そうぶ》の車両が、俺を西荻窪《にしおぎくぼ》に運び始める。
車窓の向こうを流れる景色も――今日ばっかりは眺める気になれない。
俺は座席に腰掛けると、がくりとうなだれ今後のことを考える。
「浪人か、バイトか……もう、仕事探すかだよなあ……」
そういうことになるだろう。
親に頼んで一年浪人させてもらって、来年こそ大学に入ることを目指すか。
とりあえず、今後のことをじっくり考えつつ時間も無駄にしないためバイトをするか。
進学というルートではなく、就職というルートを選ぶべく仕事を探すか。
……どれもありえる。
どれも悪くないと思う。
けれど、結局どういう選択をするにしても必要なのは俺の決心なわけで。
そこが今も、俺には致命的に足りていないわけで……。
「……そんな俺が、よく時子《ときこ》に偉そうなこと言ったよなあ……」
恋人として、飛騨高山《ひだたかやま》に行きたいことは彼女からきちんと相談されていた。

そして俺も——彼氏として、うまく彼女の背中を押せたと思う。

もちろん、寂しい気持ちがないわけじゃない。不安だってある。

それでも、俺はチャレンジをしようとする彼女を応援したくて、精一杯の笑みを作って「大丈夫だ！」なんて言ったのだった。

……いやいやいや。

今となってみれば、俺の方が大丈夫？　って状況でな。

マジでどうなるんだろう……。

こんな俺じゃ、時子《ときこ》に愛想《あいそ》尽かされるんじゃないか？

飛驒《ひだ》高山《たかやま》で、俺よりずっとしっかりした、他の男子を好きになっちゃうんじゃ……？

「……ううう……」

思考はどんどんネガティブに陥っていく。

そしてもうどん底もどん底、恋人や友人に捨てられる妄想にまで発展したところで、

「——西荻窪《にしおぎくぼ》。西荻窪《にしおぎくぼ》です」

車内アナウンスに、目的地に到着したことを知らされる。

重い身体《からだ》を引きずり、電車を降りた。

そのまま芋虫みたいな速度で階段を降り、改札を抜け、どんな顔で両親に今日の報告をしよう……なんて考えていたところで、

「……あれ、細野《ほその》？」

そんな声が、雑踏の中から聞こえた。

聴き慣れた、優しそうな男子の声。

そして、それに続いて──、

「……ほんとだ！」

──弾むような、けれど落ち着いたところのある女子の声。

見れば──、

「……おお……！」

思った通り──彼らがいた。

俺の友達である矢野《やの》と、その恋人の水瀬《みなせ》さん。

俺にとって……ちょっと憧れである二人。

「偶然だな、ちょうど僕ら入試が終わったところでさ」

言いながら、彼らはこっちに近づいてくる。

「そう言えば、細野《ほその》も今日受験だったんだろ？　お疲れ！」

「お疲れ様」

そんな風に言ってくれる二人。

そのにこやかな表情に──なんだか妙にぐっときてしまって。

自分を手ひどく責めているところだったから、なんだか気が緩んでしまって、

「お、お疲れ……」

そう言いながら——目元に熱いものを感じた。

なんだ？　と思い頬を拭うと……濡《ぬ》れている。目から、何かがこぼれている。

「……え？」

驚く間にも、熱はどんどん目からあふれ出して。

慌ててしまうけれどどうにも止められなくて——、

6、西荻窪《にしおぎくぼ》にて——矢野四季《やのしき》

「——お、おい！　どうしたんだよ急に！」

——泣き出した。

受験を終えた帰り道。駅で偶然出会った細野《ほその》が、唐突に泣き始めた。

「え、な、なんかあったのか……⁉」

「大丈夫……⁉」

「ぐ、ぐぅぅぅ……」

僕と暦美《こよみ》が尋ねても、うめき声を漏らし続けている細野《ほその》。

周囲を行く人たちも、心配そうな顔で彼に目をやっている……。

おい、マジで何があったんだ……！

一見クールなこいつが、こんな風に本気泣きするなんて！

「どうしちゃったんだよ、細野《ほその》……！」

——正直、自分の入試はうまくいっていた。

一時限目の英語、途中の難問にぶち当たったときにはヒヤッとしたけれど、すぐに立て直して実力を発揮できた。

受かっているんじゃないかな……と思うし、仮に落ちていても納得できる。

自分の全てをぶつけることができた実感があった。

そして暦美《こよみ》も、同じような感想らしい。「うん、全力で戦えたよ」なんて言っていた。

だから二人して達成感を覚えつつ、お疲れ様会でもやろうかーなんて話しながら西荻《にしおぎ》に戻ってきたわけなんだけど……これだ。細野《ほその》、マジ泣きである。

「う、ううう……」

相変わらず呻《うめ》いている細野《ほその》。

……うん。何にせよ、これは放っておくわけにはいかないな。

こんな細野《ほその》を、一人で帰らせるわけにはいかない。

僕は暦美《こよみ》とうなずきあうと、

「よし、ちょっと公園でも行こう」

彼にそう言う。

「飲み物でも買って、少し話そう。僕らでよければ相談してくれよ」

細野《ほその》は短く黙ってから、こくりとうなずくと。

「……ありがとう、ううう……」

かすれる声で、そう言ったのだった——。


——受験がうまくいかなかった。

みんなは頑張っているのに自分は頑張れなかった。

恋人である柊《ひいらぎ》さんさえ、遠くに行ってしまう……。

そんな現実に——急に怖くなってきたそうだ。

「……全部、自業自得《じごうじとく》なんだけど」

そばの自販機で買ったココアを飲みながら、細野《ほその》は鼻をすすっている。

「こんな俺じゃ……みんなが離れてく気がして。なんか、すげえ情けない気分になって……」

「離れるわけないだろー……」

なんだか笑ってしまいながら、僕は細野《ほその》に言う。

「そんな理由で距離取るかよ。別に、できるやつだから友達になったわけでもないし……」

「……そう、だよな」

自嘲するように、細野《ほその》は言う。

「本当は、俺もわかってるんだけど。でもやっぱり、ネガティブになっちまって……」

「……あー、まあ気持ちはわかる」

なんか、うまくいかないときってどんどん悪いこと考えちゃうよな。

そういう妄想ってマジで歯止めが利《き》かなくて、現実的じゃないレベルまで発展したりする。

誰でも一度は、そういう経験があるんじゃないだろうか。

僕も少し前は……それこそ、暦美《こよみ》の人格が統合する前。僕自身のあり方に悩んでいたときは、悪い想像をして落ち込むことも多かった。今となっては昔の話だし、そんな思考と付き合う方法も少しずつ身につけることができたんだけど。

だから今は、細野《ほその》の力になりたい。

その苦しさを知っているからこそ、彼の気持ちを楽にしてやりたいと思う。

「……大事なのは、ここからだろ」

できるだけ軽い口調を心がけて、僕は彼に言う。

「まあ受かるなら問題ないし、ダメならダメでどうするかを考えときゃ十分だって」

「……あー、そこも問題でさ」

細野《ほその》の声が、一段心細そうに揺らぐ。

「結局、このあとのこともまだ考えられてないんだよ。浪人するのかとか、就職するのかとか。だから、それもまた焦《あせ》るんだよなあ……」

言って、細野《ほその》は頭を掻《か》くと、

「みんなにどんどん置いていかれる気がするし。とはいえ、無理に将来のことを決めるのもよくねえだろうし。はあ……ごめんな、こんな愚痴に付き合わせて」

……マジで落ち込んでるんだな。

その表情に、僕は苦笑しながら息をついた。

こいつがこんなに弱っているところを見るのは初めてだ。

こうなると……柊《ひいらぎ》さんを呼んだ方がいいかもしれない。

細野《ほその》が望むかわからないけど、彼女本人から細野《ほその》を励ましてもらった方がいいかもしれない。きっとそれが、細野《ほその》にとっても一番の救いになるだろう。

そんなことを考えながら、ポケットのスマホに手をやったところで――、

「……あのね」

それまで黙っていた暦美《こよみ》が、小さく声を上げた。

「細野《ほその》くんの言うことも、気持ちもよくわかるのね。だけど、そのうえで……なんていうのかな……」

言葉を探るように、視線を落とす暦美《こよみ》。

こうやって、暦美《こよみ》が細野《ほその》に直接話しかけるのはなかなかにレアだ。

慣れない取り合わせの二人に、なんだか不思議な気分になる。

そして暦美《こよみ》は、

「……そういう時期も、必要なんだと思う」

短い思考のあと、思いのほかはっきりした声でそう言った。

「……必要？」

「うん」

弱々しく見上げる細野《ほその》に、暦美《こよみ》はうなずいてみせる。

「ほら、わたし……人格が分かれてたでしょ？　暦美《こよみ》じゃなくて、秋玻《あきは》と春珂《はるか》だった時期があって。細野《ほその》くんにも、結構迷惑かけたじゃない？」

「迷惑だなんて、そんな！」

血相を変えて、細野《ほその》は首を振ってみせる。

「俺は、あの二人といられてよかったと思ってるよ！　色々考えることができたし、二人とも良《い》い友達だったし……」

「あはは、ありがと。でもわたしとしては、そんな風にも思えなくてね。こうやって一人になったあとにも、みんなに悪いことしちゃったなあとか、特に矢野《やの》くんはすごく悩ませちゃったなあとか、そんなことばっかり考えてたのね」

「そうだったのか」

初めて聞く話に、僕は思わず横から口を挟んでしまう。

「そんなの、全然気付いてなかったよ……」

「まあ、気付かれないように気を付けてたからね」

もう一度、暦美《こよみ》は笑う。

「それでね……考えたんだ。じゃあ、わたしが秋玻《あきは》と春珂《はるか》に分かれていなかったら。ずっとわたしのままであり続けていたらよかったのかなって」

言われて、僕も想像する。

秋玻《あきは》と春珂《はるか》が生まれなかったら。

暦美《こよみ》が悩みに苛《さい》まれることもなく、一人の女の子であり続けていたら。

「……それはそれで、嫌だなって思ったのね」

僕とほぼ同じ感想を、暦美《こよみ》はぽろっとこぼした。

「辛《つら》い思いも大変な思いもしたけど、矢野《やの》くんや細野《ほその》くんやみんなに会えた。西荻窪《にしおぎくぼ》に来ることができた。それに……わたしの中に、秋玻《あきは》や春珂《はるか》みたいな側面があるって気付けたの。だから……うん、必要なことだったんだなって、今ならわかる」

……必要なこと。

まさにそうだったんだろう。

暦美《こよみ》にとって、秋玻《あきは》と春珂《はるか》は必要な存在だった。

二人に分かれている時期が、なくてはならなかったんだ。

そのことは今の僕も自然に理解できるし……同時に、暦美《こよみ》がそんな風にあの頃のことを捉えられているのを。大変だったあの日々を、肯定的に受け止めているのをうれしく思う。

「細野《ほその》くんも、同じような状況なんじゃない？」

首をかしげ、暦美《こよみ》は細野《ほその》の顔を覗《のぞ》き込む。

「将来のことを決められなかったのは、まだ細野《ほその》くんがそれを決めるべきときじゃなかったからじゃないかな？　もちろん、油断してたりだらけてたりもしたのかもしれないけど……今は、一旦そう考えてもいいと思う。そうして落ち着いてから、今後のことは考えればいいよ。わたしも矢野《やの》くんも時子《ときこ》ちゃんも、他の友達だって……細野《ほその》くんを見捨てたりなんてしないから」

──その言葉に、長い沈黙を挟んでから。

「……そう、か……」

ほう、と深く息吐き、子供のような素直さで、細野《ほその》はうなずいた。

「必要だった、か……」

細野《ほその》の顔に、少しずつ温かな色合いが戻ってくる。

冷たくこわばった顔が緩んで、表情に余裕が戻ってくる。

「なるほど、ありがとう。そういう風に、考えてもいいのかもしれないな……」

「うん、わたしはそう思う」

「必要……確かに、無理に決めることもできなかったしな……うん」

そして、そんなタイミングで。

「……ん？」

ポケットの中で、スマホが震えた。

この短いバイブは、ラインのメッセージだ。

取り出して通知を確認すると、霧香《きりか》からの連絡で、
kirika『受験お疲れさまでーす』

kirika『今日で皆さん、終わった感じですよね？』

kirika『落ち着いたら、卒おめ旅行行きません？』

「……ほら、細野《ほその》」

言いながら、俺は画面を彼に向ける。

「こんなこと言ってくれるやつも、いるんだからさ」

ディスプレイに目をやる細野《ほその》。

文面を読み、その表情にうれしそうな笑みが灯《とも》る。

「まずはこういうので、気持ち切り替えていこうぜ」

「……だな」

「うん、わたしもそれがいいと思うよ」

僕の隣で、暦美《こよみ》も柔らかくうなずいた。

ちらりと横目で見た彼女のその表情に。

ごく自然に自分を受け入れられている暦美《こよみ》に——ああ、あの頃のことは「過去」になったんだと。秋玻《あきは》と春珂《はるか》がいた頃は、すでに「かつてのこと」になったんだと僕は気付く。

——高校時代の終わりが、すぐそこに迫っている。

第六話
Chapter6
【卒業】

——卒業なんて、遠い遠い未来の話なんだと思っていた。

入学した頃も、二年生になった頃も。

三年に進級して受験生になった頃だって、どこかそれを他人事《ひとごと》に感じていた。

けれど——もちろんそんなのは錯覚だ。

体育館で列に並び、卒業証書の授与を待ちながら。

順番に同級生の名前が呼ばれるのを聞きながら、僕はようやく実感していた。

「——菅原未玖《すがわらみく》」

「——はーい」

「——須藤伊津佳《すどういつか》」

「——はいっ！」

「——遠山幹人《とおやまみきと》」

「——はい」

今日……僕らは卒業する。

三年間通ったこの宮前《みやまえ》高校を去り、それぞれの道へ進んでいく。

——三月下旬。少し肌寒い朝の体育館。

辺りには、入学式や文化祭のときとも違う開放的な高揚感が満ちている。

卒業生たちの、出所不明の仲間意識みたいな感覚。

今日ばっかりは、厳しい指導で有名な体育教師にさえ連帯感を覚える。

「――乃木坂悠斗《のぎざかゆうと》」

「――はい」

「――藤原瑞穂《ふじわらみずほ》」

「――はい……」

「――水瀬暦美《みなせこよみ》」

「――はい！」

授与はどんどん進んでいく。

それぞれが晴れやかに返事をし、壇上に向かう。

そして――ついにこのクラスの最後。出席番号四十一番の自分の名が呼ばれる。

「――矢野四季《やのしき》！」

「はい！」

はっきりした声でそう言って、壇上へ向かった。

短い階段を上りステージに立ち、スーツを着た校長の前で止まる。

差し出される卒業証書。恭《うやうや》しくそれを受け取り、生徒たちの方を振り返った。

壇上から見れば――数百人分の視線がこちらを向いていて。

そしてそのほとんど全ての顔に、多かれ少なかれ見覚えがあって。

僕は——思わず小さく唇を嚙《か》みしめた。

＊

「——はあ……ついにこの日が来たね」

式を終え、教室に戻ってきたあと。

壇上に立つ千代田百瀬《ちよだももせ》先生の、最後の挨拶が始まった。

「これからみんな、それぞれの進路に向けて進んでいくわけだけど……どうだったかな？　どんな高校三年間だった？　多分、色んな感想があると思います。楽しかった人、そうでなかった人。有意義だった人、そうでなかった人……」

——彼女が僕らに向けている、優しい視線。

これまでも、僕らを見守ってくれた彼女の眼差《まなざ》し。

その心強さは今も変わらないのだけど、今日は「教師が生徒に向ける」優しさだけではなく、長い時間をともに過ごした友人への優しさも含まれている気がした。

「わたしにとっても、この三年間はとても起伏の多いものでした。でもそれが、今は糧《かて》になっているなと思います。みんなにとっても、そうだといいなあ……。何かしら、今後を生きていく糧《かて》になれば……」

そのセリフに――教室から鼻をすするような音が聞こえ始める。

もちろん……僕自身、胸に様々な感情が渦巻いていた。

ついに高校時代が終わるという寂しさ。

そばにいてくれた人たちへの感謝、うれしさ。

これから始まる生活への期待や不安。

きっと、この気持ちを抱えたまま、僕らは次の毎日へ向かうんだろう。

振り返れば――窓際《まどぎわ》の席で暦美《こよみ》も千代田《ちよだ》先生を真《ま》っ直《す》ぐに見ている。

その目には涙が浮かんでいるようにも見えるけれど、それ以上に彼女の表情は晴れやかで、
春の柔らかい日差しがよく似合っていた。

「それでね……一つ、個人的な報告なんだけど」

そこで――千代田《ちよだ》先生の声色が少し変わった。

なんだかちょっと緊張しているような、恥ずかしがるような声。

どうしたんだろうと、視線を戻すと……、

「わたしも……本日をもって、しばらく休職することになりました」

――どよめきが上がった。

休職……？　そんな話、全然聞いてないぞ？

どうしたんだろう、まさか先生を辞めちゃうとか……？

同じように思ったらしい、生徒たちの間からも「なんで？」「転職するんですか？」などの質問が上がる。その問いに、千代田《ちよだ》先生は短く黙ってから、

「……夏前に、出産予定なんです」

短くそう言った。

「双子が生まれる予定で……出産と育児で、しばらくお休みすることになりました」

――おおおおお！

と、生徒たちがもう一度どよめいた。

ただ、今度は驚きや困惑のどよめきじゃなく、明らかに祝福のどよめきで、

「マジですか！」

「おめでとうございまーす！」

「双子かー……」

クラスメイトたちが声を上げる中――僕もその知らせに、不思議なうれしさを覚えていた。

思えば、千代田《ちよだ》先生には助けられっぱなしだった。

高校に入ってすぐ、キャラを作っていた時期も。

秋玻《あきは》、春珂《はるか》の二重人格に悩んだときも。

入試を前にして勉強に励んでいた時期も、彼女は僕にとって良き教師だった。

三年生になる直前、宇田路《うたろ》を訪れた際には、教師と生徒という間柄も越えて力を貸してもらったようにも思う。

そんな千代田《ちよだ》先生が――子供を産む。母親になる。

父親は九十九《つくも》さんだろう。あの二人が子供たちに囲まれる姿を想像して……なぜだろう、なんだか僕は泣きそうになってしまう。

振り返ってみれば、暦美《こよみ》もハンカチを取り出して目元を拭っていた。

「……ということで」

なんだか恥ずかしそうに、千代田《ちよだ》先生は話を続ける。

「ここからわたしは休みに入ってしまうし……復職するときには、他の学校へ赴任することになってしまうかもしれません。そういう話が教育委員会から来ていてね。だから、この学校で受け持てるクラスは、ここが最後かもしれません……」

そう言うと――千代田《ちよだ》先生はふっと息を吐き。

満足そうに、うれしそうな顔で僕らを見渡した。

「だから……ありがとう」

柔らかい口調だった。

教師としての緊張感を解いた、一人の人間としての、彼女から僕らへの言葉だった。

「宮前《みやまえ》高校で、最後かもしれない生徒たちが皆さんだったのは、とても幸福なことでした」

そして、彼女は笑いながら声を震わせ――、

「これからも、お互い良《い》い人生を送っていきましょうね！」

＊

「――ふぇえええええん!!」

――号泣していた。

教室でのやりとりが終わり校舎から出て。

在校生からの見送りを受けながら正門付近に集まったところで――須藤《すどう》が号泣していた。

「終わっちゃう！　わたしの高校生活ううううう！」

「まあまあ……」

いつものように、修司《しゅうじ》が困り顔でそんな須藤《すどう》を慰めていた。

「高校生活は終わるけど、すぐに大学生になるんだから。須藤《すどう》、花の女子大生になるってはしゃいでただろ？」

「だとしても！　ＪＫじゃなくなるのは悲しい！　うううううう～！」

「言うほど、JKらしいことしてたか？」

そんな須藤《すどう》に、細野《ほその》はやや困惑気味の顔をしていた。

「割と普通に、地味に毎日を過ごしてなかったか……？」

「そんなことない！」

きっと細野《ほその》をにらみつけ、須藤《すどう》は大声で言い返している。

「わたしの毎日はいつだって大冒険だったよ！　十代の若者にとってみればね、新しく出会う全てが挑戦で冒険なんだよ！」

「そ、そうか……」

「あ、でもそれは、わたしも同感……」

控えめに話を聞いていた柊《ひいらぎ》さんが、須藤《すどう》に同意した。

「わたしも、毎日冒険の気分だったよ。楽しかったな、高校生活……」

「だよね!?　トッキーもそう思うよね!?　へへーん！　細野《ほその》だけ仲間外れ！」

「お、おう。そうか……」

困惑の顔のままで、細野《ほその》は須藤《すどう》にうなずいた。

——気付けば、いつもの面々が近くに集まっていた。

須藤《すどう》と修司《しゅうじ》、二人はそれぞれ第一志望だった都内の大学に進学することになっている。

これからも、きっと定期的に会う仲でいられるだろう。大人になっても年を取っても家族を持ったりしても、そんな関係が続けられるといいなと思う。

そんな二人を笑いながら眺めている細野《ほその》、柊《ひいらぎ》さん。

細野《ほその》はあのあと、予備校に通いながら一年浪人することを決めたらしい。

岐阜行きの決まった柊《ひいらぎ》さんもそれを応援しているそうで、やっぱり落ち着くべきところに落ち着いたな、と思う。

気付けば、周囲には古暮《こぐれ》さんやＯｍｏｃｈｉさん、氏家《うじいえ》さんや与野《よの》さんもいる。

僕の高校生活三年間。そばにいてくれた大切な友人たち。

見上げると――空は水彩絵の具のような濃い青で。

「……一年経《た》ったのかあ」

ふと、隣に立つ暦美《こよみ》がそんな声を上げた。

「あの日から、もう一年経《た》ったんだね……」

……『あの日』。

その言葉に、僕は思い出す。

そうだ――ちょうど一年くらいなんだ。

宇田路《うたろ》を訪れたあの日。

秋玻《あきは》、春珂《はるか》とお別れをして――暦美《こよみ》と出会ったあの日から。

あっという間で、永遠のような一年間だった。

こんな風に、人生最後の日まで僕らの毎日は回っていくんだろう。目にも留まらない速さで、静止しているようにじわじわと。

そんなことを考えていると——、

「——二人も、そつおめパーティ行くよね⁉」

なにやら、古暮《こぐれ》さんと話していた須藤《すどう》がこちらへやってくる。

「なんか、仲いい人たちで集まって、このあと夕方からパーティやろうって話になってるんだって！　矢野《やの》も暦美《こよみ》もよかったらって言われてるんだけど、行くでしょ？」

「ああ、もちろん」

「うん、行く」

二人そろって、須藤《すどう》にうなずいた。

「おけおけ。場所とかは、人数わかってから取る予定らしい。一旦家帰って着替えて再集合ってことになるみたいだから、タイミング見て帰りますかー」

「……だな、そうしよう！」

——そんなやりとりをしながら——

須藤《すどう》とこのあとの約束をしながら。僕はふと、思い付く。

少し、やりたいことがあった。

そつおめパーティの前に、一人でやりたいこと。

僕は――この街を。
西荻窪《にしおぎくぼ》の街、思い出の場所を――見て回りたいと思った。

「……ていうか、ありがとね」

ふいに、真面目な声が聞こえた。

驚き見ると、真剣な顔で須藤《すどう》が僕らを見ている。

そして彼女は、

「矢野《やの》も、暦美《こよみ》も。これまで、本当にありがとう」

そう言って――こちらに深々と頭を下げた。

「……ど、どうしたんだよ」

これまで見たこともない、殊勝な態度の須藤《すどう》。

「そ、そんなかしこまって……」

と、暦美《こよみ》も隣で驚いている。

そんな僕らに、須藤《すどう》はゆっくり顔を上げこちらを見上げると、

「ちゃんと、言っておきたいと思って」

はっきりした声で、そう言った。

「あの……母親にね、高校に入る頃言われたんだ。一生の友達って、高校でできたりするんだよって。それより前の友達は疎遠になりやすいし、それ以降の友達は十代を共有できるわけじゃないから、やっぱり高校の友達は特別なんだってさ。だから、良《い》い仲間に恵まれるといいね、って」

「……そっか」

「正直、ピンと来てたわけじゃないんだけど、今ならわかるよ」

そう言うと、ようやく須藤《すどう》はその顔に笑みを浮かべ、

「きっとここにいるみんなは、わたしにとって特別な存在になる」

「……その感じは、俺もわかるな」

隣の修司《しゅうじ》も、真面目にそう言ってうなずいた。

「色々起きたってのもあるけど。この時期の俺を知ってくれてる人って、やっぱり特別だと思う。逆にみんなの十代を知ってるっていうのも、これから大事な絆《きずな》になっていくんじゃないかな」

「……だな」

確かに、二人の言う通りなのかもしれない。

もちろん、これからも僕らは色んな経験をするんだろう。

これからの方が濃いのかもしれない。起伏も大きいのかもしれない。

けれど――まだ何も知らなかった僕たち。

中学を出たばかりで、物心がついてすぐの僕たちが、色んなことを経験した三年間。

それはきっと、人生の中でも『そのときだけの輝き』を持つ時間になるんだろう。

「そういう時間を……みんなと過ごせてよかった」

真《ま》っ直《す》ぐこちらの目を見て、もう一度須《す》藤《どう》が口を開く。

「本当に、良《い》い友達に恵まれたよ。人生の宝物になると思う。みんな、ありがとう」

――胸が一杯になった。

いつもはふざけてばかりの須《す》藤《どう》。

そんな彼女の、心からの感謝。

その気持ちだけで、この三年間を肯定できそうな気がした。

これからの人生で、彼女のこの言葉が僕を何度も支えてくれそうに思った。

「俺からも、ありがとう」

それに続いて、修司《しゅうじ》もそう言う。

「俺、こんなに本音で色々話せる友達ができるなんて、思ってなかった。矢野《やの》や水瀬《みなせ》さんや須《す》藤《どう》や、みんなのおかげだ」

「……こっちこそだよ」

「わたしも、本当に感謝してる……」

「これから大学生になっても……ていうか社会人になっても、おじいさんおばあさんになっても、仲良くしようぜ」

「……おう」

うなずきながら暦美《こよみ》を見ると、またも彼女はその目に涙を溜《た》めていた。

涙もろい子だな、なんて小さく笑いそうになったけれど、僕だって人のことは言えなくて。

うっかり声が震えそうになって、唇を噛《か》んだ。

「……じゃあ、行きますか」

「うん、行こう」

――そんなことを言い合って、僕らは校舎を出た。

こうして、僕らは宮前《みやまえ》高校の生徒ではなく――卒業生になった。

*

――着替えを終え、自宅を出る。

見慣れた住宅街の路地、生け垣の上に覗《のぞ》いている梅の花。

大きく息を吸って、春の香りを肺に取り込んだ。

そつおめパーティまではまだずいぶん時間がある。ゆっくりこの街を歩いて行こう。

数分ほど南へ歩くと——荻窪八幡《おぎくぼはちまん》に着いた。

石造りの鳥居と大きな灯籠《とうろう》。都会の真ん中にあるそこは、うっそうと木々が茂っていることもあって周囲と切り離された不思議な空間に見える。

ここは……僕にとって思い出深い場所だ。

今年は暦美《こよみ》と、去年は秋玻《あきは》、春珂《はるか》と初詣に来たし、それ以前も家族とお参りするときはいつもここだった。行きつけの神社、みたいな感じかもしれない。

中でも思い出深いのは……秋玻《あきは》、春珂《はるか》との初詣だ。

修学旅行を終え、彼女たちとの関係が酷《ひど》くこじれていた頃。三人で行った初詣。

「……あの頃は、大変だったなあ」

当時を思い出して、僕は思わず笑ってしまう。

修学旅行の帰りの新幹線。

『——同じだけ、わたしたちを大切にして』

『——同じだけ、わたしたちを好きになって』

なんて彼女たちに言われた僕は、必死で二人を『同じだけ』好きになろうとした。

秋玻《あきは》、春珂《はるか》の二人に同じだけ恋をして、同じだけ触れ合おうとした。

この三年間でも一番苦しくて、一番関係がややこしかった時期かもしれない。

「……あんな状況から、よくこんな未来にたどり着けたなあ」

境内で一通りのお参りを終え、南口から八幡《はちまん》の敷地《しきち》を出ながら僕は笑ってしまう。

もっと傷つけあってけんか別れして、なんて最悪の未来もありえただろう。今こんなにも穏やかなゴールを迎えられたのは、幸運や周囲のサポートに恵まれたおかげだ。

そのことに、もう一度僕は胸の中で一人感謝をする。

それに……この場所に関しては、もう一つ思い出深いことがあって、

「……初めて見た秋玻《あきは》と春珂《はるか》の和服姿、ドキドキしたなあ……」

当時の景色を思い浮かべながら――僕は小さく、そうこぼしたのだった。


荻窪八幡《おぎくぼはちまん》からもう少し歩くと、須藤《すどう》や修司《しゅうじ》の家の近くに出る。

駅から少し離れた住宅街。

並んでいる戸建てやその景色の長閑《のどか》さに、思わずふうと息が漏れる。

「須藤《すどう》と、修司《しゅうじ》かあ……」

なんとなく、もう隣にいるのが当たり前になっている二人。

ずいぶん長い時間を一緒に過ごしてきたけれど、

「出会ってまだ三年なんだよな……」

僕がキャラ作りしていたという事実や、素の自分で生きていきたいということを、最初に受け入れてくれたのは彼らだった。

秋玻《あきは》、春珂《はるか》のことで悩んでいた時期、ずっと支えてくれたのも彼らで、

「……あいつらがいなかったら、どうなってたんだろうな」

僕も秋玻《あきは》も春珂《はるか》も、どちらかというと自分を追い詰めがちな性格だった。

すぐに視野が狭くなって心の余裕を失って、冷静さに欠けてしまいがちだった。

そんなときに──彼らの軽やかさに。

にじみ出す余裕に、どれだけ救われただろう。

「──おじいさんおばあさんになっても、仲良く、か」

ついさっき、学校で修司《しゅうじ》に言われたことを思い出す。

きっと彼の言う通り、これからも二人とは友達同士でい続けるんだろう。

修司《しゅうじ》の言う通り、おじいさんやおばあさんになったとき。

皆で一緒に、この高校時代のことを思い出せれば、どれだけ幸せだろう……なんて思う。


──駅に向かって、路地を南下していく。

暦美《こよみ》の家の近く、通学時の待ち合わせ場所を経由して、いつもの登校ルートを辿《たど》る。

青く茂る街路樹に彩《いろど》られた、活気のある通り。

個人経営の飲食店やお洒落《しゃれ》で小さな書店、服屋やアクセサリーの店も目に入る。

道行く人々も皆どこか上機嫌に見えて、ベビーカーの中の赤ちゃんも、娘と手を繋《つな》ぐ父親も、友達と並んで歩く中学生たちも、いつもより軽やかな足取りな気がした。

僕はこの道が好きだった。

この道がある西荻窪《にしおぎくぼ》が好きだった。

ここを暦美《こよみ》と、秋玻《あきは》や春珂《はるか》と歩くのが好きだった。

……この場所でも、色んな出来事があったな。

出会ってすぐの頃、みんなでお台場《だいば》に行ったあと。秋玻《あきは》に「春珂《はるか》とキスでもした？」と聞かれたり。文化祭の準備中、霧香《きりか》と揉《も》めたあと。その帰りに春珂《はるか》が派手に泣き出したり……。

少し思い出すだけではっきりと思い出せる、鮮やかな思い出たち。

けれど、

「……ああ」

ふと実感して、思わず声を漏らしてした。

「この道を、暦美《こよみ》と通学することも……もうなくなるんだな」

同じ制服を歩いて、彼女とこの道を歩いた二年間。

一年目は秋玻《あきは》、春珂《はるか》と、二年目は暦美《こよみ》と歩いた道。

彼女と一緒にこの道を登校することも、もうなくなってしまうんだ……。

いや、もちろん二人でここを歩くことはあると思うんだ。

家が近いし、駅に向かうまでの最短ルートでもあるし。

普段使いでよく通っている道でもある。

同じ大学に通うことが決まった今、一緒に学校へ行くことだってあるかもしれない。

それでも……制服姿でここを通ることは。

授業の話をしながら歩くことは、もうなくなる――。

目の奥がジンとするのを感じながら、僕は一歩一歩、踏みしめるように駅へ向かう。


「――あれ、矢野《やの》？」

「本当だ、矢野《やの》くんだ」

そんな声が聞こえたのは、自宅からずいぶん離れた頃。

駅前広場を、少し越えたところでのことだった。

戦後の頃は闇市だったという雑多な飲食店街。

須藤《すどう》と行ったラーメン屋や、放課後皆で集まったファストフード店がある辺りで、

「……あれ、細野《ほその》と柊《ひいらぎ》さん」

振り返ると、彼らがいる。

二人だけじゃない。その周囲には彼らの家族までいる様子で、

「何やってるの？　こんな大勢で」

「いやあ。卒業の記念写真を、今から皆で撮ろうって……」

困った様子で頭を掻《か》きながら、細野《ほその》が言う。

「ところさんが『スタジオで二人の晴れ姿を撮ろう！』とか言い出して、みんな集まっちゃったんだよ……」

「それで、パーティまで駅のそばのスタジオに行く途中なの」

「はあ、なるほどねえ」

記念写真か。確かに、良《い》いアイデアだなと思う。

当人たちが恥ずかしいのはわかるけれど、そういうのはきっと大切な思い出になるんだろう。

僕もこのあとのそつおめパーティで、みんなとしっかり写真を撮っておこうと思う。

「でも、急すぎだよな、ところさんも……」

「まああ、それがあの人の良さでもあるから……」

そんな風に言い合う二人。

それを眺めていた僕は――、

「……これからも、よろしくな」

――ふと思い立って、二人にそう言った。

「今までありがとう。これからもよろしく」

多分、須藤《すどう》に影響されたんだと思う。

大事な友人に、この節目でお礼をきちんと伝えたくなった。

「……ど、どうしたんだよ唐突に？」

面食らった顔で、細野《ほその》が尋ねてくる。

「そんな、いきなりかしこまって……」

「いや、その……大変なとき、結構僕のこと心配してくれただろ？　宇田路《うたろ》に行こうって言ってくれたのも細野《ほその》だったし。実際の行き方を決めてくれたのは、修司《しゅうじ》と柊《ひいらぎ》さんなんだろ？」

須藤《すどう》と修司《しゅうじ》だけじゃない。

この二人も——僕の高校生活にとって欠かせない親友だった。

二年生になって少しした頃仲良くなった細野《ほその》。そして、その恋人である柊《ひいらぎ》さん。

最初はとっつきづらく感じたけれど、今となっては印象は当時と大きく違う。

クールに見えて心配性で、僕のことを大切にしてくれる細野《ほその》。

繊細で柔らかく見えて、実は芯の強い柊《ひいらぎ》さん。

この二人がいなければ、きっと今の僕や暦美《こよみ》は存在しなかった。

「だから……改めて言いたくなったんだ。二人にありがとうって」

と、そこまで言ったところで——、

「……ええ……？」

——細野《ほその》が、真っ赤なのに気付いた。

彼はクールなその顔を、一目でわかるほどに紅潮させていた。

「そ、そんなに照れるかよ、普通……」

「……い、いや、その」

と、細野《ほその》は口ごもりちらりとこちらを見ると、

「俺、その……矢野《やの》に憧れてたから」

「あ、憧れ……？」

「だから、そんな風に言ってもらえて、すごくうれしくて……」

「細野《ほその》くん、ずっとそう言ってたんだよ」

隣の柊《ひいらぎ》さんが、微笑《ほほえ》ましげにそう言う。

「矢野《やの》かっこいい。すごいって。だから、こっちこそありがとう、そんな風に言ってくれて」

「……そっか」

そう言えば……そういう話もいつか聞いた気がするな。細野《ほその》が、僕に憧れてるなんて。

自分では大した人間じゃないと思うけれど、そんな風に言ってくれるのは素直にうれしくて、

「……なら、憧れられるのにふさわしいやつでいられるよう、頑張るわ」

「ああ、俺も置いてかれないよう頑張る」

「……じゃあ僕、ちょっと行くところあるから」

そう言って、僕はもう一度歩き出す。

「あとで、そつおめパーティで会おう」

「おう。ていうかどこ行くんだよ？　どっか買い物とか？」

「いや、そうじゃなくて」

と、僕は前置きしてから。

僕はこの散歩の――西荻窪彷徨《にしおぎくぼほうこう》の、最後の目的地を細野《ほその》に話す。

「最後に……もう一度、学校見ておこうと思ってさ」

＊

――そして。

「……ついたな」

改めて――僕はその場所に立っていた。

都立宮前《みやまえ》高校。

僕らがついさっきまで卒業式を行っていた、生徒として毎日のように通っていた学校――。

もう一度、僕はその場所に向かい合いたくて。「ここにいた」ことの意味を一人で考えたくて、今日最後の目的地をこの場所に決めていた。

「……ふう」

息をつき、その建物を見上げる。

……なんの変哲もない校舎だ。

こうして「学校」を見上げるなんて……宇田路《うたろ》を訪れたとき。秋玻《あきは》／春珂《はるか》と一緒に彼女たちの小学校を眺めたとき以来だろう。

あの小学校はなんだかデザインも独特で、見ていて飽きないところがあったけど。宮前《みやまえ》高校は、本当にどこにでもある普通の公立高校だ。

古びた外壁と、あとから継ぎ足された耐震設備。

日本中どこにでもあるだろう、特徴のない外観。

けれど……不思議だった。

そんな校舎に、僕ははっきりと愛着を覚えている。「自分の場所」だと感じている。

ぐるりと敷地《しきち》の周囲を巡る。

文化祭で使わせてもらった体育館。サッカーや野球の授業で使ったグラウンド。

マラソンが苦手だったから、トラックの白線にはちょっと苦い思い出が蘇《よみがえ》る。

そして——そんな景色の向こうにある、校舎。

その一角に見える『部室』の窓——。

かつて文芸部が使っていたという。僕が入学してからは、僕と秋玻《あきは》／春珂《はるか》が入り浸っていたその狭い部屋。

あの空間は、すでに僕と彼女の場所ではなくなってしまった。

次の生徒が見つけるまで、ただただそこには埃《ほこり》が降り積もり続けるんだろう。

そんな景色を思って、なんだか胸がじくりと痛んだ。

──そんなタイミングで。

「……ああ、そうだ」

僕は……ふと気付く。

「本、回収してない……」

いつも僕は、学校に一冊の本を常備しておくようにしている。

暇になったときいつでも読めるように、短めの文庫本であることが多いだろうか。

受験期間になってからは、読む暇もほとんどなくなって存在を忘れかけていたから……きっと今も、校舎のどこかに置きっぱなしだ。

「……取りに行くか」

ちょっとだけ、わくわくしてしまいながら僕はつぶやく。

「忘れ物だし、入れてもらえるだろ。回収しに行くか……」

──卒業直後の学校に入る。

卒業生の訪問第一号として、職員玄関から学校に入ってしまう。

そのアイデアがなんだか面白くて、もう一度校舎に入れるのがうれしくて、

「よし」

僕は一人うなずくと、正門を越えて玄関へ向かった――。

＊

「――ないか――……」

職員玄関で事情を話し、校舎内に入れてもらい。

部室をくまなくチェック。それでも本を見つけられず、教室までやってきた僕は――ロッカーと机を漁《あさ》り終え、そうつぶやいた。

「どこにも見当たらない。もう、片付けられちゃったかな……」

――部室も教室も、様変わりしていた。

僕がいた頃には、確かにそこには生活の気配があった。

誰かが置いた私物や床に転がっている小さなゴミ。

机や椅子の位置は乱れていたし、教室には掲示物だって貼られていた。

けれど――今、その全ては片付けられ。

新たな生徒を迎え入れられる、まっさらな空間に様変わりしていた——。

そして——本はどこにも見当たらなかった。

捨てられた……ということはなさそうな気がするから、きっと僕がどこかへやってしまったんだろう。しまった場所を忘れて、思い出せないでいるだけ。

「……だったら」

改めて教室を見回し、僕はつぶやく。

「それはそれでいいか……」

忘れ物を、ずっと校舎の中に残しておく。

いつかそれは、偶然発見した生徒の手に渡り……もしかしたら、読んでくれるかもしれない。

僕の未来の後輩が、気に入ってくれるかもしれない。

そんな想像ができる余地を、この場所に残しておくのは悪くないアイデアだと思った。

「……ふう」

目の前にある、僕が通っていた教室。

きっと——ここに来るのはこれが最後だろう。

大きく息を吸い込むと、ニスと埃《ほこり》とかすかに雑巾の匂い。

……覚えておこう。

この大切な景色を、できるだけ鮮明に、覚えておこうと思った。

そのとき――、

「……矢野《やの》くん？」

――ふいに、後ろから声がした。

振り返れば――暦美《こよみ》がいる。

「やっぱり、矢野《やの》くんだ……ここにいたんだ」

私服に着替え、不思議そうにこちらを覗《のぞ》き込む彼女――。

「え……暦美《こよみ》」

艶めく黒髪と、何億光年の深さを称《たた》えた瞳。

そんな彼女を照らしている、淡い春の光――。

その景色に――僕は幻視する。

――初めて、彼女に会った日のこと。

二年前。誰もいない朝の教室でのこと――。

あのとき、きっと僕らの物語が始まった。

今もまだ、僕と彼女はその途中にいる――。

そんな思考から、意識を現実に戻すと、

「……ど、どうしたんだよ、こんなところに」

僕は彼女にそう尋ねた。

「もしかして、暦美《こよみ》も忘れ物？」

「ううん」

首を振り、暦美《こよみ》は教室に入ってくる。

「パーティ前に、ちょっと会えないかと思ってラインしたんだけど、返事がなかったから……」

そう言われて、僕はスマホをポケットから取り出す。

そう言えば、しばらく確認してなかったな……。

表示されたディスプレイには確かに、暦美《こよみ》からのメッセージの通知がいくつか来ていて、

「うわごめん、気付かなかった……」

「ううん、いいの。で、だったらもう家に行っちゃおうかなってお邪魔したら、矢野《やの》くんママに、『四季《しき》は学校を見に行ったみたい』って言われて……。ごめん、来ちゃった」

申し訳なさそうに、暦美《こよみ》は眉を寄せると、

「……もしかして、お邪魔だった？」

「いやいや、そんなことないよ」

「そっか。ならよかった」

ほっとしたように微笑《ほほえ》む暦美《こよみ》。

窓から差し込む、春の光に照らされた彼女——。

「……懐《なつ》かしいね」

こぼすように、彼女は言う。

「矢野《やの》くんと初めて会ったのも、二人だけの教室だったね……」

「……だな」

うなずくと——彼女はすっと、小さく息を吸う。

そして、胸に手を当て、歌うような声で——、

『——大事なのは、山脈や、人や、染色工場や、セミ時雨などからなる外の世界と、きみの中にある広い世界との間に連絡をつけること、一歩の距離をおいて並び立つ二つの世界の呼応と調和をはかることだ。たとえば、星を見るとかして』

——息を呑《の》んだ。

彼女がすらすらと諳《そら》んじた、その一節。

池澤夏樹《いけざわなつき》、『スティル・ライフ』の冒頭近く。

出会ったあの日、僕が繰り返し読んでいたフレーズ――。

「……ずいぶん、遠くまで来たね」

もう一度僕を見て、暦美《こよみ》は言う。

「あの日から今日まで、信じられないほど遠くまで歩いてきたね」

「……そうだな」

――彼女が、僕にとっての星だったのかもしれないと思う。

黒板や夕暮れや海の匂いからなる外の世界と、僕の中にある広い世界。

その呼応と調和をはかれたのは、暦美《こよみ》という星がそこにあったからなのかも――。

そして――彼女にとって。暦美《こよみ》にとって、僕が星であったらいいなと思う。

そう願う。

「……そろそろだな」

スマホを見て、僕は彼女に言う。

パーティの時間が、近づいて来ている。

僕は暦美《こよみ》の手を取り、

「……行こう」

「……うん」
うなずく彼女と、二人で歩き出す。
教室を出て、次の場所へ向かう。
僕らの前には無数に道があるし、道じゃない場所だって歩いていける。
風が少し強いけれど、多分大丈夫。
大きく息を吸い込むと、かすかに花の香りがする。
この日々のことを、何度も忘れて、思い出して生きていこう。
隣を見ると——暦美《こよみ》が笑い返してくれた。

——今、僕らの距離は限りないゼロ。

あとがき

もはや記憶も曖昧なんですが、『三角の距離は限りないゼロ』の一巻辺りを書いていた頃。「このシリーズはまあ三巻くらいまでかな。どんなに伸びても六巻くらいでしょ」みたいな話を当時の担当氏としていた記憶があります。

どこかの巻のあとがきにも書いたかな。六巻じゃなくて五巻だったかも……。

けどとにかく、十巻とかそんなに長く続けるものではないなーと思っていたのです。

それが皆さんの応援をいただくうち、あれよあれよと八巻まで伸び。そのうえ、アフターストーリーとして九巻まで出させてもらうことになるとは……。

本当に、幸福な作品だったなと改めて感じます。

実際、今回の九巻執筆のきっかけは、皆さんの声でした。「矢野《やの》たちが卒業するところまで見たかったって反応があります」と担当氏から報告がありまして、僕も彼らの高校生活を最後まで書きたいと思った。

そんな経緯で、この『三角の距離は限りないゼロ9　After Story』は生まれました。

改めてですが、皆さんこんなところまでついてきてくれてありがとう。

おかげでようやく、肩の力を抜いて登場人物の面々と向き合えたような気がします。やっぱり本編執筆中は、張り詰めていた部分があったので。

なんかもう、古い友達みたいな感覚だな。

矢野《やの》も暦美《こよみ》も、他のキャラたちも……。

そしてこの『After Story』以降も、矢野《やの》や水瀬《みなせ》の人生は続いていきます。

実際、この巻の中でも次の動きが色々始まっていますよね。

そんな彼らの『未来』は、現在僕が刊行中の『あした、裸足《はだし》でこい。』で垣間見《かいまみ》れるので、よければそちらもチェックしてみてくださいね。こちらも『三角～』に負けないくらいの自信作です。

……というかたぶん矢野《やの》と暦美《こよみ》は、今後も千代田百瀬《ちよだももせ》さんみたいに延々岬作品に登場しそうな気がしています。なのでもしよければ、これ以降もときどき、僕の作品をチェックしていただけると幸いです。矢野《やの》や暦美《こよみ》や、他の面々にも再会できるかもしれません。昔の友達にでも会う気分で、ふらっと立ち寄ってもらえるととてもうれしい。

……さて、今回のあとがきはここまで。

このあと少しだけエクストラコンテンツがあります。

大学生になった矢野《やの》と暦美《こよみ》の姿を描いたので、そちらもどうぞお楽しみに……。

ではまた、別のお話でお会いしましょう。岬鷺宮《みさきさぎのみや》でした。さらばだ！

岬　鷺宮

エクストラコンテンツ
Extra content

【あしたの前日】

Bizarre Love Triangle

三角の距離は限りないゼロ

「──暦美《こよみ》ー、最近お薦めの小説ない？」

午前の講義が終わったあと。お昼休みのカフェテリアの席で。

同じ『戦後文学史』の講義を受ける美空《みそら》ちゃんが、そう尋ねてきた。

「金曜の講義で一冊自分で選んで、分析することになって。なんかいいのないか探してるんだよねー」

「あ、それわたしも受けてるやつだ」

美空《みそら》ちゃんに、乃々佳《ののか》ちゃんも続く。

「わたしにもお薦めしてほしいかも、読みやすいの」

「うーん、お薦めかあ……」

腕を組み、わたしは最近読んだ新作小説たちを思い浮かべながら、

「どういうのがいいとか注文はある？　それ次第かなあ……」

──大学に入学して、一年と少し。

すっかりこの生活にも慣れ、今やわたしはれっきとした女子大生。

こうしてお友達と過ごす時間も増えてきた。

美空《みそら》ちゃんも乃々佳《ののか》ちゃんも、一年の頃から仲良くしている地方出身の女の子だ。

小説の話で意気投合してから、お互いの家に遊びに行ったりと親しくしてもらっている。

去年は三人で旅行に出かけたりもして……うん。

高校のときの、伊津佳《いつか》ちゃんや修司《しゅうじ》くん。細野《ほその》くんや時子《ときこ》ちゃんみたいな間柄かも……。

「――てわけで、二人にお薦めを紹介していたところで、美空《みそら》ちゃんにはこの小説。乃々佳《ののか》ちゃんにはこっちの――」

なんて、

「……お、彼氏来たよ！」

カフェテリアの入り口に目をやり、乃々佳《ののか》ちゃんが声を上げた。

美空《みそら》ちゃんもそっちに目をやり、

「おーほんとだ、もう講義終わったんだ」

見れば――彼女たちの言う通り。

カフェテリア内を、彼がこっちに向けて歩いてくる――。

――矢野四季《やのしき》くん。

高校生の頃から現在まで、もう二年ほど付き合っている彼氏。

あの頃に比べてちょっと大人っぽくなった彼は、講義終わりの疲れをわずかに顔に覗《のぞ》かせて、
それでも笑顔でわたしたちのところへやってきた。

「やーお疲れ」

「お疲れっすー」

「おうおう」

「お疲れー」

矢野《やの》くんの挨拶に、三人とも軽い口調でそう返す。

「なになに？　今皆何してたとこ？」

「暦美《こよみ》に小説お薦めしてもらってたー」

「講義で使うやつでさ」

「あーなるほどね」

うなずきながら、席に腰掛ける矢野《やの》くん。

美空《みそら》ちゃん、乃々佳《ののか》ちゃんも矢野《やの》くんとは面識がある。というか、結構仲が良《い》い。

わたし抜きで三人でご飯に行ったりしたこともあるらしくて、その辺りの感じも高校のときのお友達と近いかも。

「……つーわけで」

と、そこで美空《みそら》ちゃんと乃々佳《ののか》ちゃんは席を立ち、

「彼氏も来たし、邪魔者はこの辺で失礼します」

「またねー」

「えー、そんなの気にしなくていいのに。ていうか一緒にご飯食べようよ」

別にそんな、二人っきりにしてほしいとかそんな感じでもないんだけど……。

せっかくだから、ランチも一緒にしたいんだけどな。

なのに、

「でも暦美《こよみ》、矢野《やの》くんといるとさりげにいちゃつきまくるからなー」

「ね、見てるこっちが恥ずかしくなるくらい」

「え⁉　ほんとに⁉」

思わず、大声を出してしまった。

「わたし、そんなことしちゃってる⁉」

そんな自覚、全然なかったんだけど！

というかむしろ人前では、彼氏彼女感を出さないように気を付けてたんだけど……。

「いや、してるしてる」

美空《みそら》ちゃんはそう言って笑う。

「思いっきりラブオーラ出してるから」

「見てるこっちが恥ずかしくなるやつをねー」

乃々佳《ののか》ちゃんまで、それに続いた。

「えー、マジかあ……」

「つーことで、わたしらも彼氏候補探しに行ってきますわ」

「二人でごゆっくりー」

言いながら、優しい笑みで去っていく二人。

その気づかいに、どうしようもなく照れてしまいながら、

「じゃあ……また今度ご飯行こうね！」

なんて、わたしはそんな言葉を投げかけたのでした。

「あと……わたしたちがいちゃついてたら、今後はその場で指摘して！」

＊

――矢野《やの》くんと、カフェテリアで昼食を食べる。

わたしはきつねうどん。矢野《やの》くんは定食B。

学校の食堂らしくリーズナブルかつおいしくて、わたしはこのカフェテリアが好きだった。

ちなみに、わたしたちが通っているのは『変人が多い』と有名な大学の文学部だ。

だからなのか、カフェテリアにいるだけでもなぜか仮装をしている学生や、小さいディスプレイを持ち込んでゲームをしている学生。

壁に自分自身の身体《からだ》を貼り付ける前衛芸術に励んでいる学生から、なにやら政治的な主張のビラを撒《ま》いている学生までいて……、

「ふふ……ほんとにここは、退屈しないね」

「だな」

ご飯を口に運びながら、わたしたちはそんな風にこぼしあった。

「前にこたつ持ち込んでる人がいたときは、さすがにびっくりしたけどね……」

「ああ、鍋やってた人たちか。僕、肉一口もらったよ」

「え。ほんと⁉」

そして——そんなこんなで食後。

わたしはノートパソコンをテーブルに置き、

「——そう言えばさ、気になるシンガーを見つけてね」

矢野《やの》くんにそう切り出した。

「ちょっと、矢野《やの》くんにも見てもらいたいんだ」

「へえ……」

言って、彼は隣の席からディスプレイを覗《のぞ》き込む。

「例の……西園質量《にしぞのしつりょう》さんとの件に、絡《から》む感じの？」

「うん、その可能性があるかなって思ってる」

——大学生活を続けて一年、講義と課題に追われる日々の中。

わたしたちはそれぞれの将来に向けて、準備も着実に進めていた。

矢野《やの》くんは、出版社で働くために文化一般について幅広く勉強中。野々村《ののむら》さんの下でバイトも始めている。

そしてわたしは……高校時代に始めたライター活動。それを商業ラインに載せるべく、執筆修行に励んでいる。それだけじゃなく、西園質量《にしぞのしつりょう》さんと相談しながら様々な分野に活動を広げる策も考え始めていた。

その中で出たのが――レーベルを作る、という案だった。

わたしがレビューする作品は、多くがウェブ上に公開されたものだ。

クリエイターもどこかに所属するわけではなく個人で活動していて、必然的にその規模は個人の範囲に留まってしまうことが多い。

だから……わたしの好みのクリエイターを集め、創作を支援する組織を作る。

つまり、自分のレーベルを立ち上げちゃえばいいんじゃない？　というのが、西園《にしぞの》さんの案だった。

――それだ！　と思った。

面白そうだし、意味もあると思う。

絶対にやりたいと思った。

ただ……その場合、まずどんなクリエイターと組み始めるかがとても重要だ。

第一弾、最初に誰と一緒に制作を始めるか。

それがレーベルの未来を全て左右するといっても過言ではない。

ということで。わたしは最初に声をかけたいクリエイター探しの日々を送っていて……そんな中で、ピンとくる子を見つけた。

ピアノを一人で弾き語る女の子。他の子とは、ちょっと違う気配があった。

「どんなミュージシャン？」

「この子なんだけど……」

言われて、矢野《やの》くんにイヤフォンを差し出しつつパソコンの画面を向けた。

再生ボタンを押すと、矢野《やの》くんは真剣な顔で聞こえてくる音に耳を傾ける。

「……おお、いいね」

歌が始まってすぐ、彼は感嘆の声を漏らした。

「確かに、ちょっとすごい才能を感じるかも。若いよね？　どんな子？」

「あんまり情報は出されてないんだけど」

わたしはディスプレイに目をやり、『彼女』が弾き語りする姿をじっと眺める。

「多分高校生だと思う。明らかにわたしたちよりは若いかな……」

流れるような黒い髪。一部ピンクに染まっていて遊び心も感じられる。

笑えばかわいいだろうその顔は、演奏に集中しているのかとても怜悧《れいり》な表情だ。

そして、纏《まと》っているのは明らかに制服、ブレザーで――、

「……これ多分学校だよね。部室か何かで演奏してる。窓の向こうに見える景色からすると
……東京かな」

「案外近くに住んでたりしてな」

「ありえるかも」

矢野《やの》くんの言う通り。

動画の窓の外に映っているのは、なんとなく中央線沿いの匂いのする景色だった。

低くて年季の入った建物が、雑多に入り組んだ街。

わたしたちの住む西荻窪《にしおぎくぼ》にも似た風景に見えた。

「……いやしかし、マジで良《い》いな」

気付けば、矢野《やの》くんは本気でその子が気になり始めているらしい。

「この子、本当にありえるんじゃないか？」

「わたしも、そんな気がしてる」

言って、わたしはうなずいてみせる。

「矢野《やの》くんもそう言ってくれるなら、間違いないかな。もう少し、他の動画とか動きも探ってみるけど、近いうちに、一度連絡を取ってみるかも」

「そっか」

ディスプレイの中で、演奏が終わる。

満足そうな顔で、矢野《やの》くんがイヤフォンをこちらに返してくれる。

そして――、

「なんて名前なの？」

——わたしに、そう尋ねてきた。

「この子は、なんて名乗ってるの？」

その問いに——わたしは答える。


「——ｎｉｔｏ、っていうみたい」


「へえ、ニト。良《い》い名前だな」

「なんか、聴き覚えある感じがするよね。本名かも」

「だな、そんな予感がするな。この顔もどこかで見た気がするし。ちょっと運命感じる」

「そうだね」

うなずきあって、もう一度ディスプレイを眺める。

ｎｉｔｏさんが弾き語る動画のサムネイルたち。

——なんとなく、新たな物語が始まりそうな気がしていた。

わたしたちの目の前で、新しいストーリーが始まりそうな予感。

「……楽しみにしてるよ」

画面の向こうのｎｉｔｏさんに。

思わず微笑《ほほえ》んでしまいながら、わたしはそう語りかけたのでした。

「いつかあなたに会えるのを、楽しみにしてる――」

And their story goes on.

◉岬 鷺宮著作リスト

「失恋探偵ももせ1〜3」（電撃文庫）
「大正空想魔術夜話　墜落乙女ジェノサヰド」（同）
「魔導書作家になろう！1〜3」（同）
「読者《ぼく》と主人公《かのじょ》と二人のこれから」（同）
「陰キャになりたい陽乃森さん　Step1〜2」（同）
「三角の距離は限りないゼロ1〜9」（同）
「日和ちゃんのお願いは絶対1〜5」（同）
「空の青さを知る人よ　Alternative Melodies」（同）
「恋は夜空をわたって1〜2」（同）
「あした、裸足でこい。1〜2」（同）
「失恋探偵の調査ノート～放課後の探偵と迷える見習い助手～」（メディアワークス文庫）
「放送中です！にしおぎ街角ラジオ」（同）
「踊り場姫コンチェルト」（同）
「僕らが明日に踏み出す方法」（同）

本書に対するご意見、ご感想をお寄せください。

ファンレターあて先
〒 102-8177　東京都千代田区富士見 2-13-3
電撃文庫編集部
「岬 鷺宮先生」係
「Hiten先生」係

本書は書き下ろしです。

電撃文庫

三角《さんかく》の距離《きょり》は限《かぎ》りないゼロ9
After Story

岬《みさき》 鷺宮《さぎのみや》

2023年4月10日 初版発行

発行者 山下直久
発行 株式会社KADOKAWA
〒102-8177 東京都千代田区富士見2-13-3
0570-002-301（ナビダイヤル）
装丁者 荻窪裕司（META＋MANIERA）
印刷 株式会社暁印刷
製本 株式会社暁印刷

ISBN978-4-04-914972-2 C0193 Printed in Japan

電撃文庫 https://dengekibunko.jp/

電撃文庫創刊に際して

文庫は、我が国にとどまらず、世界の書籍の流れのなかで〝小さな巨人〟としての地位を築いてきた。古今東西の名著を、廉価で手に入りやすい形で提供してきたからこそ、人は文庫を自分の師として、また青春の想い出として、語りついできたのである。

その源を、文化的にはドイツのレクラム文庫に求めるにせよ、規模の上でイギリスのペンギンブックスに求めるにせよ、いま文庫は知識人の層の多様化に従って、ますますその意義を大きくしていると言ってよい。

文庫出版の意味するものは、激動の現代のみならず将来にわたって、大きくなることはあっても、小さくなることはないだろう。

「電撃文庫」は、そのように多様化した対象に応え、歴史に耐えうる作品を収録するのはもちろん、新しい世紀を迎えるにあたって、既成の枠をこえる新鮮で強烈なアイ・オープナーたりたい。

その特異さ故に、この存在は、かつて文庫がはじめて出版世界に登場したときと、同じ戸惑いを読書人に与えるかもしれない。

しかし、〈Changing Times,Changing Publishing〉時代は変わって、出版も変わる。時を重ねるなかで、精神の糧として、心の一隅を占めるものとして、次なる文化の担い手の若者たちに確かな評価を得られると信じて、ここに「電撃文庫」を出版する。

1993年6月10日
角川歴彦

「隣にいてよ、今度は」
あした、裸足でこい。
Tomorrow, when spring comes.
岬 鷺宮
Misaki Saginomiya
illustration§Hiten
青春×タイムリープラブストーリー!
卒業式、俺は冴えない高校生活を思い返していた。成績は微妙、夢は諦め、恋人とは自然消滅。しかも彼女は今や国民的ミュージシャン。すっかり別世界の住人になってしまっていた。
だがその日。元カノ・二斗千華《にとちか》は遺書を残して失踪した。
呆然とする俺は……気づけば入学式の日、過去の世界にタイムリープしていた。
この世界でなら、二斗を助けられる?
……いや、それだけじゃ駄目なんだ。今度こそ対等な関係になれるように。彼女と並んでいられるように。俺自身の三年間すら全力で書き換える!
卒業《おわり》から始まる、青春やり直しラブストーリー。
電撃文庫

そして、
次の「春」が始まる——。

STORY

卒業式、俺は冴えない高校生活を思い返していた。成績は微妙、夢は諦め、恋人とは自然消滅。しかも彼女は今や国民的ミュージシャン。すっかり別世界の住人になってしまったみたいだった。

だがその日。その元カノ・二斗千華は遺書を残して失踪した。

呆然とする俺は……気づけば入学式の日、過去の世界にタイムリープしていた。

この世界でなら、二斗を助けられる？

……いや、それだけじゃ駄目なんだ。今度こそ対等な関係になれるように。彼女と並んでいられるように。俺自身の三年間すら全力で書き換える！

卒業《おわり》から始まる、青春やり直しラブストーリー。

この後は……。

真琴の協力を受け、「二斗救出計画」を立てた巡。
まずは、天文同好会を存続させ、二斗の居場所を作ることに。
部員集めに奔走するも、そう簡単には集まらず……。

二度目の青春、
巡は二斗に「一歩」近づけるのか――。

坂本巡（さかもとめぐり）
全体的にちょっと平均を下回る普通男子。
天文学者志望で「時間移動」をロジカルに
分析しようとする。
二斗千華（にとちか）
教室では優等生で、未来ではミステリアスな
天才ミュージシャンとして活躍。本当は
ちょっとルーズで、親しみやすい女の子。
六曜春樹（ろくようはるき）
強面だが、硬派で頼りがいのある、
ハイカーストな先輩。未来では、
二斗と因縁があったようで……。
芥川真琴（あくたがわまこと）
気の置けない悪友みたいな後輩。
クールでたまに辛辣な、
サブカル女子。
五十嵐萌音（いがらしもね）
二斗の幼馴染のギャル系女子。
二斗にやや依存しがちなところがあり、
悩んでいる。